Jann Wattjes
Das Leben ist wie eine Schachtel Sardinen

AF125833

# Das Leben ist wie eine Schachtel Sardinen

## Jann Wattjes

Erste Auflage 2022

Alle Rechte vorbehalten
Copyright 2022 by

Lektora GmbH
Schildern 17–19
33098 Paderborn
Tel.: 05251 6886809
Fax: 05251 6886815
www.lektora.de

Druck: OSDW Azymut, Lodź
Covermotiv: Olivier Kleine, olivierkleine.de
Covermontage: Olivier Kleine, olivierkleine.de
Lektorat & Layout Inhalt: Lektora GmbH, Denise Bretz
Printed in Poland

ISBN: 978-3-95461-225-3

# Inhalt

»Ich hasse es, wenn Bücher mit Zitaten beginnen.«

Jann Wattjes

»Jann Wattjes in Höchstform.
Sehr witzig, sehr klug und immer überraschend. Vergessen Sie alles, was sie über Beerdigungen, Achterbahnen, Katzen, Sex, Dialekte und das Leben wussten. Hier bläst einer einen anderen Blues und lässt uns teilhaben an seinem Blick auf die Welt. Wattjes lässt nichts aus. Er übertreibt, er überhöht und kommt trotzdem auf den Punkt. In seinen Texten verbergen sich Bilder und Sätze für die Ewigkeit. Man möchte sie mit einem Textmarker festhalten, um sie selbst in Gesprächen einfließen zu lassen.
Das ist oft so absurd, dass es wahr sein muss, das ist manchmal so anrührend, dass man das Lachen vergisst. Ich liebe auch seine Bühnendialoge mit August Klar. Reinstes Dada und unverschämt albern. Da plaudern sich zwei um Kopf und Kragen und hauen einen wunderbaren Satz nach dem anderen raus. Das, was scheinbar unschuldig daherkommt, als wäre es zufällig entstanden, ist so große Literatur, dass es selbst darauf pfeift, ›große Literatur‹ zu sein. Was muss, das muss. Vergesst Goethe, Jann Wattjes spielt Flöte. Vergesst Werther, Jann Wattjes ist härter.«

Erwin Grosche

# Bühnentexte

# Die Beerdigung

Ich stehe jetzt schon seit einer halben Stunde in der Schlange und habe einen Popel in der Nase, den ich nicht ausschnauben kann.

»Haben Sie kein Ticket? Abendkasse sind 20 Euro.«

Die Ticketpreise mussten noch einmal mächtig angehoben werden, weil Oma auf ihrer Beerdigung gerne Einwegkameras und die Chippendales haben wollte.

»Ich bin der Enkel, ich müsste auf der Gästeliste stehen.«

Der Messdiener schüttelt den Kopf. Ich hoffe, für 20 Euro gibt es wenigstens Catering, habe aber auch schon Verkäufer mit Bauchläden gesehen. »Eintopf, frischer Eintopf! Butterkekse nach Rezept der Verstorbenen!«

Für weitere 20 Euro kann man Shirts mit den schönsten Zitaten meiner Oma erwerben. Entweder: »Andy Borg mag nicht sympathisch wirken, aber bei Gott, der Mann hat eine heftige Fick-Aura.« Oder: »Hätten wir den ersten Weltkrieg gewonnen, hätten wir den zweiten gar nicht gebraucht.«

Am offenen Sarg kann man mit Oma Fotos machen, die dann am Ausgang aber nochmal gut 20 Euro kosten.

»Entschuldigung, wenn Sie hier etwas erwerben wollen, brauchen Sie die Gertrud-Card, die Sie mit 200 Euro aufladen müssten.«

13

Oma hat sich nicht lumpen lassen. Ich werde hiervon übrigens nichts erben, sie möchte gerne alle Erträge dem Kapitalismus spenden. Mein Popel stört mich immer noch.

Aber die Organistin beginnt, zu spielen. Alle nehmen ihre Plätze ein zu einer rührenden Version von David Hasselhoffs *Hooked on a Feeling*. Ein bisschen pietätlos, meine Oma hat ihm die deutsche Wiedervereinigung nie verziehen.

»Herzlich willkommen zum Abschied von Gertrud!«

Günther Jauch führt durch die Beisetzung. Keine Ahnung, was der nun wieder gekostet hat.

»Kommen wir nun zur 20-Euro-Frage. Wer war Gertruds Lieblingsenkel?«

Ich bin nicht unter den vier Antwortmöglichkeiten. Dabei hatte sie nur drei Enkel. Irgendwie muss mein Popel noch größer geworden sein.

Von meinem Platz aus kann ich gut in den offenen Sarg zu Oma sehen. Eine extravagante Frau verdient auch eine extravagante Beerdigung. Vielleicht sind Trauerfeiern ja gar nicht zum Trauern der Angehörigen, sondern eigentlich zum Feiern der Verstorbenen gedacht. Wusstet ihr, dass man immer nur durch ein Nasenloch atmet? Bei mir ist gerade das dran, das durch ein riesiges, komplexes Popelgeflecht verstopft wird.

Nächster Programmpunkt, so ist es an der Nordsee Pflicht: Santiano. Solange es in jedem Dorf diesen einen Mittfünfziger gibt, dem bei seiner Scheidung nichts gelassen wurde außer seinen Camp David T-Shirts, DVD-Boxen von Serien, die sowieso den ganzen Tag auf DMAX laufen, und einem halbtoten Hund, der mit ihm vom selben Brett frühstückt, gibt es auch immer noch Leute, die ernsthaft Santiano für Musik halten. Ich weiß, Jürgen, das tut weh. Aber das soll es auch.

Energetisch kommen die fünf Wechseljahrpiraten auf die Kanzel: »Deine Oma ist tot – Santiaaaano!«

Santiano existieren schon seit über 300 Jahren. Es gibt keine feste Besetzung, Santiano sind immer fünf zufällige mittelalte Männer aus der Nachbarschaft. Wie der Weihnachtsmann, nur in scheiße. Einem wird ein Dreizack auf die Glatze gemalt, allen werden Shirts aus der Wacken-Altkleidersammlung übergezogen, dem mit den größten Gelenkschmerzen wird eine E-Gitarre in die Hand gedrückt. Einer hat sich meistens schon Korsakow gesoffen. Der hat dann einfach einen irischen Akzent. Ich halte meinen Popel nicht mehr aus. Ich muss mir jetzt irgendwie unauffällig meinen Bohrfinger in die Nase drängen.

»Geh doch zum Popeln aufs Klo – Santiaaaano!«

Danke, Santiano. Ich erhebe mich und schleiche mich geduckt zum Ausgang.

»Janni, du bist dein ganzes Leben nur wechgerannt. Setz dich hin oder hol mir so 'ne Pizzaschnecke für 5 Euro«, sagt Oma.

Ach ja, sie ist nicht gestorben oder so. Wir Friesen sind eine uralte Wikinger-Kultur, in der es üblich ist, eine Beerdigung zu feiern, sobald ein Mensch sein 80. Lebensjahr erreicht. Warum sollten wir auch warten, bis die tot sind? Ist doch voll traurig dann. Klar ist es gewöhnungsbedürftig, Lebende in offene Särge zu legen, aber mit dem Klischee, wir würden einfach unsere Alten lebendig begraben, hat das **nichts** zu tun. Das machen wir hier seit locker zwei Jahren nicht mehr.

»Janni, wenn du schon dabei bist, kauf doch den netten Santianos noch was vom Imbissstand.«

»Fünfmal Bratwurst mit Toast – Santiaaaano.«

Jetzt fallen diese Shanty Stricher mir auch noch in den Rücken. Ich werde hier einen Monatslohn lassen, aber wenigstens kann ich an der Wurstbude in Ruhe popeln. Oder was dachten Sie, was Röstzwiebeln sind?

Erleichtert atme ich durch und bringe Santiano und Oma Catering. Aus Versehen trete ich dabei auf die Hüpfburg und muss direkt 20 Euro Eintritt zahlen. Wer noch immer Geld übrig hat, kann in Omas absteigende Kryptowährung, den Gertrud-Coin, investieren. Günther Jauch testet jetzt, wie viele 20-Euro-Scheine er sich auf einmal in den Mund stecken kann. Er ist nicht mehr derselbe, seit seine Talkshow gefloppt ist.

Ich schaue auf das Panoramafoto, das ich am offenen Sarg mit Oma machen und dann kaufen musste. Sie sieht friedlich aus. Zufrieden irgendwie. So, wie sie lebte. Und wohl noch eine ganze Weile leben wird. Wir haben nichts gemeinsam, kulturell oder moralisch. Aber Familie ist Familie. Und vielleicht täten wir alle ganz gut daran, diese großen Abschiedsfeiern für unsere Nächsten zu feiern, solange sie noch am Leben sind. Oder zumindest nicht irgendwann »über Tote nur Gutes« zu sagen, sondern vielleicht auch mal Gutes für die Lebenden zu machen. Zum Beispiel morgen einfach mal wieder anrufen und feststellen: »Oma, ich hab gestern ein richtig seltsames Buch angefangen und da musste ich irgendwie an dich denken.«

Bisschen pathetisch, aber ich mein's so – Santiano.

*Das Leben ist wie eine Schachtel Sardinen: Eigentlich weiß man ziemlich genau, was man kriegt, und doch ist es enttäuschend. Natürlich dürfen Sie »das Leben feiern«, aber laden Sie mich bitte nicht dazu ein. Ich möchte den beiden Zuschauern, die über diesen Text gefragt haben, ob wir »das in Ostfriesland wirklich so machen«, hier einmal ausdrücklich weitere 300 Jahre Santiano wünschen.*

# Liebe in Zeiten von Kassel-Wilhelmshöhe

Ein Mann mittleren Alters hält sein Kleinkind zum Scheißen über einen Mülleimer. Einige stehen hier seit Tagen, andere stehen in Flammen. An Gleis 11 brandschatzt die Stadt Berlin Stahl aus entgleisten ICEs. Angeblich plant man dort einen Flughafen. Es gibt einen Schwarzmarkt für Ketamin, E-Roller und Magic-Karten. An Gleis 2 steht ein Pferdekarussell und für sein Zugticket kann man sich einen Schmetterling ins Gesicht schminken lassen. Das einzige, was es nicht gibt, ist ein geregelter Bahnverkehr. In der neuesten Auflage der Bibel werden Sodom und Gomorrha einfach der Anschaulichkeit halber mit »Kassel-Wilhelmshöhe« übersetzt.

Ich habe einen Fehler gemacht. Komplett weltfremd hatte ich angenommen, nicht Kassel-Wilhelmshöhe, sondern Kassel-Hauptbahnhof sei der Kasseler Hauptbahnhof. Nichts, wirklich gar nichts, qualifiziert ihn dafür. Er ist wesentlich kleiner und kein Zug fährt weiter als Bad Ächlingen, Horma oder Dullbach. Orte, die Sie vermutlich nicht kennen, weil ich sie mir ausgedacht habe. Aber daran erkennen Sie, wie egal Nordhessen wäre, würde man nicht ständig in Kassel stranden.

»Sicherheitshinweis: Bitte lassen Sie Ihr Gepäck nicht unbeaufsichtigt.«

Ich bin der einzige Mensch an diesem Bahnhof und ich habe kein Gepäck. Nur emotionalen Ballast und der ist sehr gut beaufsichtigt, danke. Aber mit diesen Durchsagen könnten ja schließlich alle gemeint sein.

»Sicherheitshinweis: Im Bahnhof sind organisierte Taschendiebe unterwegs. Bitte achten Sie auf Ihre persönlichen Gegenstände.«

Äh, dann ruft die Polizei? Wer macht denn für so was eine Durchsage? Gut, dass ich nichts dabeihabe außer meinem emotionalen ... Mein emotionaler Ballast wurde geklaut. Und da, wo er und das Gift vergangener toxischer Beziehungen waren, ist jetzt das größte Gefühl von allen: die unerreichte Sensation, in niemanden verliebt zu sein!

Ich bin von niemandem abhängig. Ich muss mir nicht last minute an einem Bahnhof überlegen, welches Valentinstagsgeschenk nicht aussieht, als hätte ich es mir last minute an einem Bahnhof überlegt. In meinem Leben gibt es jetzt nur noch eine Frau. Und die misst nicht mal 50 Zentimeter, weckt mich am frühen Morgen und in der späten Nacht, nur um dann doch wieder während der Gute-Nacht-Geschichte unter ihrer Prinzessinnen-Bettwäsche einzuschlafen. Ich verspreche, dass das nicht mehr so ekelhaft kitschig klingt, wenn Sie selbst auch mal eine Katze haben. Sie heißt Minka. Sie ist schwarz, hat aber eine weiße Brust und weiße Pfoten. Hinten weiße Stiefel, vorne weiße Ballerinas. Das ist sämtliche Liebe, die ich brauche.

Sie finden es womöglich schön, jede Stunde jemandem Herz-Emojis schreiben zu müssen oder sich die Kosten für Netflix zu teilen, um dann aber auch nur noch Kompromiss-Serien wie *Haus des Geldes* zu gucken: »Komm, Schatz, wir gucken jetzt fünf Staffeln dasselbe, das ist für uns beide was. *The Last Dance* fand ich doof, da ging's ja gar nicht ums Tanzen!«

Nein, ich möchte mich bitte nicht verlieben. Als Einzelperson bin ich gut genug, ich bin glücklicher und auf eine seltsame Art und Weise sogar vollständiger.

Ich habe mich in Leonie von Subway verliebt.

Weil sie alle Brotsorten auswendig wusste. Die Art, wie sie ihren Plastikhandschuh korrigiert, weil sie um die Hygiene meines Sandwiches besorgt ist! Dass sie schon wusste, dass ich Cheddar will, weil der Schmierkäse bei Subway nach Schnupfen schmeckt. Eat fresh. Wie sanft sie das am wenigsten vermoderte vegane Patty aus der Ablage zieht. Wie verschnörkelt sie auf ihrem Namensschild ein barockes Kunstwerk erschaffen hat: »Leonie«. Der I-Punkt ist ein unausgefüllter Kreis. Kein Herzchen, so billig ist sie nicht.

»Willst du dein Sandwich getoastet?« – »Ja, ich will. Leonie, ich weiß nicht, wie, aber du schaffst es, dass ich nicht mehr Kassel-Wilhelmshöhe sein will. Ich will kein ferner Umstiegsbahnhof voller Enttäuschungen mehr sein. Für dich will ich Kassel-Hauptbahnhof sein. Das Versprechen eines Hauptbahnhofs, wo keiner ist, aber wo wir wissen, dass trotzdem einer sein kann. Ein Kopfbahnhof – mit Herz. Der sich nicht nach weiterfahren, sondern nach ankommen anfühlt. Bis ans Ende meiner Tage.«

Der Toaster braucht leider nur eine halbe Minute. Und weil Subway eine systemlose Anarchie ist, kommt eine komplett andere Person und ruiniert mit ihren beschissenen Griffeln mein Sandwich.

»Was darf an Salat drauf?« Leona. Was für ein dummer Schmutzname. Waren deine Eltern Heroin-Junkies, die ihre eigenen Zähne gegessen haben?

»Welche Soße?«

»Keine, meine eigenen Tränen werden genügen. Danke.«

Ich nehme die Trümmer dieses Lebensmittels mit zum Gleis. Und zünde sie an.

»Sicherheitshinweis: Das Abbrennen von Subway-Sandwiches ist nur in den vorgesehenen Raucherbereichen gestattet.«

Aber mit diesen Durchsagen könnten ja schließlich alle gemeint sein.

»Sicherheitshinweis: Der Konsum von Alkohol ist an diesem Bahnhof verboten.« Ich benutze die *Wodka Gorbatschow*-Flasche nur, weil sie in meinen *Sodastream* passt.

»Sicherheitshinweis: Hören Sie damit auf, vor sich selbst davonzulaufen. Sie müssen sich nicht verstecken hinter Ausreden, warum sie gerade nicht glücklich sind. Sie können sich doch nicht ständig in die Idee einer Person verlieben und irgendwelchen 20-Jährigen das Herz brechen, die dann darüber einen Slam-Text schreiben und damit auch noch gegen Sie gewinnen. Hör doch endlich auf, dir selbst leidzutun, Jann Wattjes!«

Aber mit diesen Durchsagen könnten ja schließlich alle gemeint sein.

*Der Umgang mit dem Tod, Beziehungsunfähigkeit; soll das hier etwa ein erwachsenes Werk sein? Laufen wir Gefahr, in diesem Buch etwas über das Leben zu lernen? Welchem großen Thema nehmen wir uns als Nächstes an?*

# Dieser affengeile Polonaise-Text

Ich habe ein Alkoholproblem. Ich bin so eine Art Workaholic, nur eben mit Alkohol. Deshalb betrinke ich mich nur noch unter Vorwand und nach feinster Auslese.

In meiner Heimat Ostfriesland feiert man zum Beispiel gerade 50 Jahre Ebbe und Flut. Das ganze Dorf versammelt sich zu solchen Anlässen bei einem zufälligen Gastgeber und bringt selbstgebrannte Köstlichkeiten, von denen man blind, impotent oder unbesiegbar wird. Der Gastgeber sorgt im Gegenzug für Bespaßung, trägt eine Käpt'n-Iglo-Uniform und Handschuhe aus Krabbensalat – Traditionen sind superwichtig.

Unser Gastgeber Christopher begrüßte uns euphorisch:
»So jetzt alle mal
... einen trinken!«

Christopher Höbensöben ist ein kreativer Mann. Aber alle taten, wie er befahl: Unser Hausarzt Fritz Schlubensuben; Speculatius Müller, der Wilde aus dem Watt, der von den Seelöwen aufgezogen wurde; Jörg Wummsen, dem ein zweiter Anus aus dem Brustkorb wächst, welchen er als Partygag scheißen lassen kann; die nervige Freundin von Ralf, die niemand so richtig kennt, die aber trotzdem die ganze verdammte Zeit labert; Ralf, der selbst nicht sprechen kann, weil er mal bei einem Cunnilingus-Versuch seine eigene Zunge gegessen hat.

Und mittendrin ich. Ich will schon seit neun Cola-Korn und zwölf St.-Hubertus-Tropfen nach Hause, aber Christopher Höbensöbenbeköben hat schon wieder das Mikrofon in der Hand:

»Hier fliegen gleich
und irgendwas mit Käse,
äh … nur der HSV, Polonaise!«

Die synapsenvermoderte Masse lässt alles stehen und liegen, mobilisiert alle restliche Lebensenergie, um einander in die Schulterblätter zu greifen und Folge zu leisten. Ich erstarre, als sich Christopher Höbensöbenbeköbennöbens krabbensalatige Pranken in meinen Rücken bohren.

»Wattjes sagt, wo's langgeht!«

Einige jubeln, andere sterben einfach (ich wollte nicht, dass der Text Alkoholkonsum verherrlicht). Ausgerechnet ich bin die Spitze der alkoholisierten Menschenkette. Angespannt wackele ich einige Meter nach vorne, die anderen gehen die Schritte hinterher. Es ist ein Riesenspaß. Ein übermenschliches Vergnügen. Komisch, dass man überhaupt noch Videospiele erfunden hat, wenn man immer schon die Polonaise hatte.

Ich laufe brav einige Runden im Kreis. Dann verabschiede ich mich und nehme den nächsten Bus.

Aber irgendwas fühlt sich nicht richtig an. Bin ich dem ländlichen Leben entwachsen auf der Suche nach Antworten auf Fragen, die man hier nicht zu stellen wagt?

»Guck mal, Jörg kackt schon wieder aus der Brust!«

Ich drehe mich um. Hinter mir steht Christopher Höbensöbenbeköbennöbenschlöben, dicht gefolgt von einer Polonaise aus rund 50 Leuten. Sie hat sich nie aufgelöst, alle sind mir einfach nach draußen gefolgt. Die Situation überfordert mich.

Wie weit würde die Polonaise mir folgen? Wie oft müssten wir anhalten? Speculatius Müller hatte eine berüchtigt schwache Blase. Darf man zum Urinieren die

Hände runternehmen? Wahrscheinlich nicht. Hoffentlich steht er hinter der nervigen Freundin von Ralf.

Wir steigen in den Bus.

»Ein Hund macht 'nen Haufen,
'ne Pflanze macht Synthese,
wir machen immer noch Polonaise!«

Der Bus fährt nicht. Die Polonaise hat einfach sämtliche Fahrgäste samt Busfahrer absorbiert. Ich werde laufen müssen. *Wir* werden laufen müssen. Die Polonaise hat derweil längst Christopher Höbensöbenbeköbennöbenschlöbenkalöbens Gesänge adaptiert:

»Ketchup zu den Pommes oder Mayonnaise.

Wir stürmen McDonald's mit der Polonaise!«

Die Polonaise hat gesprochen. Wir stellen uns erst in die Schlange von McDonald's, dann stellt sich die Schlange von McDonald's bei uns an.

»Ich nehme diesen Big Mac nicht an!«, Marcel Reich-Ranicki ist Teil der Polonaise. Obwohl er tot ist. Klaus Kinski ist auch dabei und würgt seinen Vordermann. Hochrangige Politiker*innen stehen in der Polonaise, aber auch historische Figuren und Aliens. Und ist das da hinten nicht August Klar? Keine Zeit, mein Buch gründlich Korrektur zu lesen, aber schön besoffen bei McDonald's in einer fiktiven Polonaise stehen.

»Seit wann sind auf dem Cheeseburger denn nur zwei Gurken drauf?«, fragt ein Mann ein paar Schultern hinter mir.

»Seit wann haben Sie denn die Deutungshoheit über den Cheeseburger?«

»Mein Sohn, ich hab den Cheeseburger erfunden. Ich bin Gott.«

»Nein, Sie sind der Typ, der immer alleine im Vereinsheim sitzt und im Laufe der Bundesliga-Konferenz eingekotzt rausgetragen werden muss.«

»Papa hat auch mal Feierabend, oder?«

»Na gut. Dann erklären Sie mir doch bitte, warum Tote, Gott und Aliens Teil dieser Polonaise sind und der Nachname von Christopher Höbensöbenbeköbennöbenschlöbenkalöbendröbengnöben immer länger wird!«

»Mein Sohn. Zeit ist doch nicht linear. Zeit ist eine Polonaise. Und du wirst sie anführen. Denn das Wort Gottes geht auf einen Übersetzungsfehler zurück: *bibel* ist im Hebräischen sowohl das Wort für *Buch* wie auch für *dieser affengeile Polonaise-Text*.

So sprach der Herr. Denn eines Tages, Baby, werden wir eine Polonaise sein. Oh Baby, werden wir eine Polonaise sein und ihre Regeln simpel: Regel Nummer 1, niemand redet über die Polonaise. In unserer Polonaise zählt nicht, wer du außerhalb der Polonaise warst. Hier stehen Nazis hinter Geflüchteten, Oasis halten einander unzerstritten, Sexisten greifen Feministinnen von hinten an die Schultern.

Wir sind am Kamener Kreuz falsch abgebogen und ziehen über die S-Bahn Gleise Berlins. Sämtliche BVG-Mitarbeiter sind eh längst Teil der Polonaise geworden. Der IS ist auch dabei und hat uns bewaffnet. Wir stürmen den Bundestag. Das Plenum ist fassungslos, nur Christian Lindner applaudiert unter Freudentränen. Er versteht sehr oft Dinge, die gar nicht wirklich existieren.

Ich steppe ans Rednerpult mit ganz großen Schritten:

»Lieber Bundestag,

ich habe ein Alkoholproblem. Ich bin so eine Art Workaholic, nur eben mit Alkohol. Deshalb betrinke ich mich nur noch unter Vorwand und nach feinster Auslese.

Denn nun geht sie los – unsere Polonaise.«

»Die Hölle, das sind die Karnevalisten«, schrieb Jean-Paul Sartre in seinem Drama »Huis clos«. Er hatte recht. Das Schöne an Poetry Slam ist, dass sich niemand verkleiden darf, und die Schrecken der Karnevalssaison werden den Autor immer wieder zurück in seine Heimat spülen. Dass dort Polonaisen getanzt würden, ist hier ausnahmsweise mal vollkommen fiktiv. Jörg Wummsen hingegen ist echt, buchen Sie sein abendfüllendes Programm »Stuhlgang von vorn«!

# Man kann ja vom Kapitalismus halten, was man will.

*Die Corona-Pandemie traf uns Künstler\*innen natürlich viel härter als alle anderen. Es gab keine Auftrittsmöglichkeiten und keinerlei Inspiration für irgendetwas. Deshalb versteigerte ich die mit Sternchen gekennzeichneten Stellen im folgenden Text für nur 5 Euro pro Satz. Sie lesen richtig, kaufen Sie sich gerne schon jetzt in mein nächstes Werk ein! Unverbindliche Preisempfehlung.*

Erst wenn der letzte Baum gerodet, der letzte Fluss vergiftet und der letzte Fisch gefangen ist, werdet ihr merken, dass 5 Euro nach Waldmeister schmecken, 10 Euro nach Erdbeere, 20 Euro nach Blaubeere und 50 Euro nach Cola. *Ahoj-Brause – jetzt neu auch als Koks.*

Geld ist immer für uns da. Sofern halt welches da ist. Kapitalismus ist das Gegenteil von Planwirtschaft, denn man kann ihn nicht planen, er entsteht ganz natürlich. Auf Bali leben Affen, die Tourist\*innen beklauen, nur um ihr Diebesgut dann wieder gegen Bananen und andere Snacks einzutauschen. Kapitalismus findet sich in über 450 Spezies. Kapitalismuskritik nur in einer.

Der Kapitalismus wird nie müde, schläft nie ein, ist immer vor dem Chef im Geschäft und schneidet das Dönerfleisch schweißfrei. Der Kapitalismus steht den ganzen Tag in der Fußgängerzone, um Spenden für kranke Hühner und Waisenkinder zu sammeln, weil er sich davon eine bescheidene Marge von 70 Prozent abzwacken kann. Denn Kapitalismus hilft, wo er nur kann, während Antikapitalismus (buuuuh!), nur sagt, dass er gerne helfen würde, aber im Endeffekt Ihren Lamborghini anzündet. Ihren kleinen Lambo, den Sie sich über eine Woche Managergehalt vom Mund absparen mussten! Und dabei war die Corona-Pandemie die Hölle für Ihr Unternehmen, das Kissen aus den Federn notgeschlachteter Hühner und vegane Salze aus den Tränen von Waisenkindern an Frühstückshotels verkauft. *Hotel: Trivago!*

Was müssen wir doch täglich für emotional aufgeladene Appelle gegen den Kapitalismus ertragen? Auf dem Juso-Bundeskongress, in Instagram-Highlights, im Detektivbüro des Reeperbahn-Pennys. Rassismus, Patriarchat, Waffenhandel, alles zappzarapp überwunden, sobald wir den Kapitalismus besiegt haben. Aber unter uns: Der wahre Feind heißt *Seitebacher Bergsteigermüsli. Bergsteigermüsli vom Seitebacher. Bischt auch gnervt, dass de net venünftig scheise kannscht? Hascht auch Brobleme Fandasie-Dialekde zu lese? Wirscht auch du in eine Geller gefange gehalte, wo du nur von Taubeinnerei und Sägespäne in eine Schüssel Milch ernährt wirscht? Denn isch des Arschfotzemüsli vom Seitebacher der extra vitale Schuss in die Schläfe für dich! Seitebacher Arschfotzemüsli. Arschfotzemüsli vom Seitebacher.*

Ach ja. Dank des Kapitalismus konnten sich außerdem sämtliche sympathische Kleinunternehmen und Privatpersonen in dieses Buch einkaufen.

*Franziska, bitte komm zu mir zurück! Ich habe mich geändert. Seit ich wieder trinke, habe ich sogar meine Depressionen im Griff. Weißt du noch, der Gutschein, den ich dir zum Valentinstag geschenkt habe? Für einmal nicht umbringen? Den hast du nie eingelöst. Das wäre doch was, was wir mal zusammen machen könnten! In Liebe, Dein Clemens*

Der Mann hat mir 100 Euro in die Hand gedrückt, ich hoffe, Franziska liest dieses Buch wenigstens.

Aber sei es drum. Sie wollen also den Kapitalismus nicht mehr. Wie Che Guevara, der Hunderte exekutieren lassen hat. Oder Josef Stalin, der Hunderttausende exekutieren lassen hat. Oder Karl Marx, der aussah, als hätte er richtig doll gestunken.

Selbstverständlich können Revolutionen friedlich sein. Die armen Seelen von Polizei und Militär haben die kugelsicheren Westen nur, weil sie sonst Angst hätten, dass ihre großen Herzen platzen. All cops are beautiful.

Sie denken jetzt vielleicht: *Schneemänner, aber mit langen Schisswürsten als Gliedmaßen!* Entschuldigung, mein kleiner Bruder hatte gerade Taschengeld bekommen.

Sie denken jetzt vielleicht: »Was soll uns jemand, der sauer ist, weil er erstmals Steuern zahlen musste, und heimlich in Ria Schröder verliebt ist, bitte über Revolution erzählen?«

Weil der Kapitalismus genau eine Schwachstelle hat: *Nachts in den Schuppen der Nachbarn einbrechen und die Kaninchen vollpissen.* Entschuldigung.

Weil der Kapitalismus genau eine Schwachstelle hat: Der Markt reguliert sich selbst. Wenn wir dem Kapitalismus einen Preis für das Ende des Kapitalismus machen, dann *musst du zu mir zurückkommen, Franziska. Die wollen mein kleines Familienunternehmen dichtmachen. Und Schalke hat auch schon wieder verloren. Aber da darf ich ja eh nicht mehr im Aufsichtsrat sein. Dein Clemens* – dann können wir uns den Kapitalismus kaufen!

Welcher Markt steht über dem Markt? Der *Super*markt. Was ist im Preis-Leistungs-Verhältnis das Günstigste im Supermarkt? *Arschfotzemüsli vom Seitebacher!*

Fast. Einkaufswagen! Für nur 50 Cent können Sie sich eine Kette aus Einkaufswagen mitnehmen, so lang, wie Sie schieben können! Wenn jetzt alle bei jedem Einkauf nur fünf Einkaufswagen mitnähmen, stünden die Eingangsbereiche der Supermärkte innerhalb von anderthalb Monaten leer. Der Einkaufspreis für Einkaufswagen liegt bei rund 75 US-Dollar. In einem halben Jahr hätten wir entweder die Wirtschaft lahmgelegt oder Einkaufswagen aus der Gesellschaft verbannt. Aber was, wenn unsere sozialistischen Verbündeten aus China eine Pandemie verbreiten, aus deren Folge Einkaufswagen Pflicht würden? Der Staat wäre bereit, horrende Preise für Einkaufswagen zu zahlen, und wir hätten zufällig eine ganze Armee davon gesammelt.

Sie denken jetzt vielleicht, dass uns selbst diese leicht verdienten Einkaufwagen-Billionen keine Zweidrittelmehrheit im Bundestag zur Änderung der Wirtschaftsform bringen würden. Dann zählen Sie aber gerne einmal alle Abgeordneten durch, wen Sie alles für käuflich halten. Also vergessen Sie Ihre Che-Guevara-Shirts – unsere kommunistische Revolution trägt das Gesicht von Philipp Amthor!

*Na, war Ihnen das zu politisch? Oder sind Ihnen die anderen Texte zu unpolitisch? Leider gibt es keine Lesenden, die beides mögen. Sollten Sie allerdings eines dieser raren Geschöpfe sein: Bitte pflanzen Sie sich fort! Eine Anleitung dazu bietet der folgende Text.*

# Die Erfindung der Katzenklappe

Ich kannte Sex bislang nur aus dem Sexualkundeunterricht, das heißt: Kondome über Holzpimmel stülpen und Innenaufnahmen von einem Uterus. Hot. Und natürlich von anderen Poetry Slammer*innen. In keiner anderen Berufsgruppe wird so unnötig viel miteinander geschlafen (im Epilog finden Sie eine aktuelle Tabelle dazu, wer mit wem). Das Zeitlimit bei Poetry Slams beträgt nicht sechs Minuten, um Wettkampfbedingungen zu schaffen, sondern weil die meisten es gar nicht länger aushalten, mal kurz nicht ihre Geschlechtsteile miteinander zu vergleichen.

Das ergibt meine Vorstellung von Geschlechtsverkehr: Man trifft sich komplett zugesoffen bei irgendeinem Schachturnier und sagt: »Hey, für jemanden, der die Englische Verteidigung wie ein verklatschter Drittklässler spielt, hast du echt 'ne tolle Ausstrahlung!«

Und sie sagt dann: »Hihi, wow, danke!«

Woraufhin er sagt: »Ich hab übrigens einen eigenen Jet, mein eigenes Wasserbett und meine eigene Dooms-Day-Sekte; aber mein Ein und Alles sind zwei blinde Kätzchen, die ich mal bei einer Konferenz mit der Queen vor dem Ertrinken gerettet habe.«

Sie dann nur: »Krass.«

Woraufhin er dann: »Lass mal 'nen Kaffee trinken.«

Und sie denkt: »Okay, Melanie, es können doch nicht alle Kerle Arschlöcher sein. Ich meine, er hatte eine Konferenz mit Beyoncé!«

Also sagt sie: »Ja gut, warum nicht, Kaffee ist ja gesund.«

Beim Kaffee fällt ihm auf, wie viel sie doch gemeinsam haben. Weil auch er am liebsten »Hugo mit einem Schuss Zucker« trinkt und auch sein Lieblingsfilm »jeder mit Matthias Schweighöfer« ist. Das findet sie total toll, denn auch wenn er in der Galeria-Kaufhof-Kantine nicht mit seiner wirklich echt aussehenden Papier-Kreditkarte bezahlen konnte, ist er wahrscheinlich der Mann ihrer Träume. Da kann man dann natürlich auch noch mit zu ihm, um noch mehr Kaffee zu trinken. Ist ja egal, dass die Wände dünn sind und sein Mitbewohner gerade mit der ganzen Familie Gulasch kocht. Also setzt sie sich nichtsahnend auf sein Bett, weil auf den anderen Möbelstücken überall Wäsche liegt. Er sagt: »Du hast da was«, dabei hat sie da gar nichts!

Trotzdem drückt er einfach seinen Mund auf ihren Mund und sie sabbern ineinander über und helfen sogar noch mit der Zunge nach. Plötzlich haben sie ihre Klamotten ausgezogen und relevantes Hirnblut weiter nach unten gepumpt. Aber sein Gegenüber hat da, wo eigentlich ihr Penis sein sollte, nur so ein ...

Was ist das? Ist das richtig, dass das so aussieht?

Ich behaupte nicht, dass Penisse generell bezaubernd seien, aber wie hat sich über Millionen Jahre ein Geschlechtsteil durchgesetzt, das aussieht wie eine angefressene Dönertasche, die man erst fünf Tage in die Sonne und dann nochmal fünf Tage in den Kühlschrank gelegt hat, um zu versuchen, sie doch noch zu retten, was aber definitiv misslungen ist.

»Du, Melanie, ich kann das nicht«, sage ich.

»Okay«, sagt sie und sucht ihre Klamotten in meiner Unordnung.

Sex, und das vergisst man in all der Enttabuisierung gerne, ist manchmal eben auch Scheitern und unangenehm. Es dauert meist nur so lange wie ein Poetry-Slam-Text und der Applaus dafür ist ebenfalls normalerweise ironisch. Danach ist man müde, verschwitzt, klebrig mit »bäh, was ist das?«, fragt Sachen wie: »War das okaaaay? Hast du mal ein Taschentuch? Oder sieben? Warum fängst du jetzt an, zu lachen? Und zu weinen?« oder: »Wollen wir nicht noch kuscheln?«

Und sie nur: »Bist du bescheuert? Wir hängen hier in der Rutsche von McDonald's!«

Dann kippen die Hormone wieder, man fängt an, sich zu prügeln, versucht, dem anderen in den Mund zu niesen und sich gegenseitig bei *Wer wird Millionär?* anzumelden, weil man sich da unvorbereitet ganz schön blamieren kann. Also sitzt Melanie da vor Günther Jauch und weiß doch auch nicht, wer die Katzenklappe erfunden haben soll, und der einzige Telefonjoker, der das wissen könnte, bin ich. Aber anstatt mich das zu fragen, fragt sie, warum ich sie nicht angerufen habe. Und dann erklärt ihr Günther Jauch, dass der Telefonjoker so herum nicht funktionieren würde.

Aber ich kann nur sagen, dass es mir leidtut. Sex ist so seltsam. Einige Leute brauchen das andauernd, andere heben sich das lieber auf wegen Jesus, manche müssen sich dafür Latex anziehen, zu fünft sein oder dabei Videos gucken, wie vermummte Frauen sich auf Luftballons setzen. Und für einige bedeutet es eben mehr und anderen bedeutet das eben viel weniger. Aber jetzt, da Sex kein Tabuthema mehr ist und endlich jede*r jede*n einvernehmlich verknuspern darf, ist es irgendwie ganz schön krass, sich eingestehen zu müssen, asexuell und einfach kein normaler Teil dieser abgedrehten »Nebensache« zu sein, die für überhaupt niemanden nur eine Nebensache ist. Aber das heißt ja nicht, dass ich nicht trotzdem was für ande-

re Menschen übrighabe. Melanie, ich weiß, es klingt verrückt, aber: Isaac Newton. Isaac Newton hat die Katzenklappe erfunden. Nur wenn er gewusst hätte, was ihr alle
so hinter verschlossenen Türen treibt, hätte er das den
Katzen womöglich erspart.

*Hach ja, die künstlerische Freiheit. Noch immer ist viel zu oft Diskussi-*
*onsgegenstand, was denn meine tatsächliche Sexualität ... Moment mal,*
*wer spricht hier überhaupt? Bin ich der Autor? Im Deutschunterricht hieß*
*es, das Geschriebene ist niemals der Autor, sondern der Erzähler. Aber*
*ich bin ja eben nicht der Erzähler aus dem Text, für mich ist es banaler*
*Sexismus, zu behaupten, Männer würden per se keinen Hugo mit Zucker*
*oder Schweighöfer-Filme mögen. Wäre Kokowääh 2 etwa das Meister-*
*werk, das es ist, spielte unser Matthias sich nicht so überragend selbst?*

# Antrag_Immatrikulation_ 667809_Wattjes.pdf

Um an deutschen Universitäten nach dem Bachelorab-schluss einen weiteren Bachelor anzuhängen, muss man diese Entscheidung vor einem Ausschuss begründen. So soll vermieden werden, dass Studierende zum Beispiel nur für Semestertickets eingeschrieben sind. Für mich war eine solche Begründung kein Problem. Denn ich studiere meine Passion: Elektrotechnik.

Es war eine laue Sommernacht im Oslo des 18. Jahrhun-derts. Die Schwäne tanzten, die Digimon digitierten, das Volk hatte gerade die Judikative für sich entdeckt, weshalb man einander wegen jedes Snickers verklagte.

»Wir hören nun den Angeklagten, Herrn Elektrotech-nik.«

Also, das ist natürlich nicht nach ihm benannt worden. Duh. Das war Zufall. Er hieß Elektr Øtechnik. Norweger halt. »Schwören Sie, die Wahrheit zu sagen und nichts als die Wahrheit?«

»Okay. Ähm ... Sie sind hässlich. Seit ich 30 bin, hat sich Furzen für mich komplett verändert und bestimmt mein Sozialleben. Ich liebe Snickers, aber ich hasse es, mir Snickers zu kaufen, weil ich im Supermarkt selbst nie wirklich Bock auf Snickers hab und mir denke, hey, hier ist eine ganze Packung Nuss-Karamell-Schokolade zum gleichen Preis. Es ist wahr, ich habe das Snickers geklaut!«

Gerührt von seiner Offenheit sprach der Richter: »Denne teksten gir ingen mening i det hele tatt!«

Und ich spreche kein Norwegisch, aber was er sagte, beeinflusste bestimmt den Lauf der Elektrotechnik. Denn wie wir alle wissen, sind Richter 1985 allesamt durch Maschinen ersetzt worden.

Meine Geschichte mit Elektrotechnik beginnt im Alter von sieben Jahren. Ich hatte keine Ahnung, wo ich die Batterien für meinen Gameboy Color entsorgen konnte. Also ging ich in den Park und verfütterte sie an die Enten. Wissen Sie zufällig, was mit gefiederten Tieren passiert, wenn sie über längere Zeit Batteriesäure aufnehmen? Sie sterben.

Noch vor meinem Grundschulabschluss kannte die Welt mich als den Entenripper von Esens-Nord. Ich war jemand.

Genauso wie ich jemand war, als ich mich mit einem Elektroschocker selbst wiederbelebte. Alexander Marcus' Welthit *Elektriker* basiert lose auf meinem Leben. Meine Hobbys sind Schaltkreise und Magnetismus. Ob ich löten kann? Ich kann löten. Ich brauche dafür nicht mal einen Kolben. Ein schöner Lötknödel zum lötrödeln, bis das Tröten der Lötflöte ertönt. Elektrotechnik bedeutet, sich nicht über Physik zu wundern, sondern anzupacken. Hubkraft, Hubarbeit. In der Elektrotechnik brauchen wir das nicht, wir sprechen von Höbnöbnönönönöb-Kraft und von Arbeit spricht hier niemand, Elektrotechnik ist ein bezahltes Vergnügen. Elektrotechnik ist meine Familie, Elektrotechnik ist Liebe, Elektrotechnik ist Leben. Wir brauchen mehr Elektrotechnik in Krisengebieten. In unserem Alltag. Eine Elektrotechnik-Vorsorge für die Alten.

Ich höre Sie. Elektrotechnik ist Ihnen zu kompliziert. Sie halten sich für handwerklich unbegabt und haben Naturwissenschaften ja sowieso schnellstmöglich abgewählt. Aber ich sage Ihnen: Der, der frei ist von Zweifel, der löte den ersten Stein. Und Sie werden erröten, denn Sie können ohne Nöte dem Lötrödeln frönen, bis die Lötflöte trötet – amen! Elektrotechnik ist mehr als ein Studienfach. Das habe ich im Pflichtpraktikum – was ich selbstverständlich schon absolviert habe – bei der Lötmöbel, Löttrödel und Lötgedöns Behörde *Röbelfröbel und Söhne* gelernt. In der Elektrotechnik gibt es keine Gender-Pay-Gap, Diskriminierung oder Musik von *AnnenMayKantereit*. Zuhause ist immer nur Elektrotechnik. Frauen verdienen in der Elektrotechnik so viel wie Männer. Ach, was rede ich, Frauen verdienen sogar noch mehr. Because you deserve it, queen.

Wie viel Kilowatt? Ich will das komplette Kilowatt! Meine Brüder und Schwestern, wir nehmen uns an den Händen und wir sagen JA zu Watt. Dafür stehe ich mit meinem Namen: Watt? Yes!

Das Studiensekretariat macht einen unbeeindruckten Eindruck. Ein Herr, der mir bekannt vorkommt, hat auf einer Liste nichts abgehakt. Der Studiendekan hat respektable fünf Level bei *Candy Crush* geschafft. Die Institutsvorsitzende Frau Schawannek hat derweil einige mysteriöse Utensilien auf dem Tisch platziert.

»Okay, Herr Watt…jes, dann wollen wir jetzt aber auch in die Materie gehen. Sie haben ein Praktikum absolviert und sehen Ihre Zukunft in der Elektrotechnik. Könnten Sie möglicherweise mit diesem *Röbelfröbel* Lötknödel größere Lötmöbel lötrödeln auf Tröten der Lötflöte von Herrn Höbensöbenbeköbennöbenschlöbenkalöbendröbengnöben? Und bitte nicht trödeln.«

Da steh ich nun mit meinem *Röbelfröbel* Lötknödel in der Hand und alles, was ich lötrödeln kann, sind meine eigenen Lügen. Ich habe keine Ahnung von Elektrotechnik. Ich habe Ihnen was vorgemacht. Ich wollte bequem mit den schäbigsten Zügen des Landes mehrere Stunden durchs Ruhrgebiet juckeln. Für nur 600 Euro im Jahr. Ich war blind. Aber all die Psalmen, all die Hymnen, all die Versprechen der Elektrotechnik, dieser ganze Hass auf *AnnenMayKantereit* – das bin ich. Das ist echt. Und Elektrotechnik ist mein Zeuge, ich werde dieses Semesterticket nutzen, um den Menschen Nordrhein-Westfalens die frohe Kunde der Elektrotechnik zu überbringen. Auf dass auch sie erlöst werden!

Frau Schawannek steht auf und reicht mir die Hand. »Herzlichen Glückwunsch, Herr Wattjes. Sie sind für die nächsten 20 Semester im Studiengang der Elektrotechnik immatrikuliert. Wir wollten lediglich sichergehen, dass Sie nicht wirklich studieren wollen und uns damit in die Bredouille bringen, Seminare anbieten zu müssen. Sie mögen zwar an Elektrotechnik glauben, Fakt ist jedoch, dass es keinen Beweis für ihre Existenz gibt. In Erwartung schöner gemeinsamer Jahre an diesem Scheininstitut erteile ich Ihnen hiermit die Lizenz zum Löten.«

*Vielleicht bin ich ja ein Erzähler über dem Erzähler? Das gab's doch schon mal bei Shelley, aber von der haben Sie natürlich nichts gelesen. Sie lesen lieber gesammelte Handynotizen eines Irren, der das Hochschulsystem betrügt und einen Erzähler in seinem Werk gefangen hält.*

# Bakery Jatta

Gibt es irgendetwas Überflüssigeres als weiße, vermeintlich heterosexuelle Männer in Fußballtrikots, die etwas
über Rassismus erzählen wollen? Ja, Rassismus zum Beispiel.

Und wo kommt Rassismus her? Von weißen, vermeintlich heterosexuellen Männern in Fußballtrikots.

Das Internatsgymnasium, an dem ich mich mit unzäh-
ligen Werken und Theoremen weißer, vermeintlich hete-
rosexueller Männer auseinandersetzen musste, hatte eine
Plakette am Eingang, auf der stand: »Schule ohne Rassismus«. Vor allem war diese Schule eine »Schule ohne Peo-
ple of Color«, aber okay, im Umkehrschluss: Ja, wir haben
uns nie untereinander rassistisch beleidigt.

Wissen Sie, wer noch so eine Plakette hat? Die UEFA.
Die schließt nämlich niemanden aus. Nicht mal Lazio
Rom, die ihren Anfangsbuchstaben gerne aus Versehen
als N schreiben und die wirklich wichtigen Tore auch mal
mit freundlichen Hitlergrüßen feiern. Stattdessen hat die
UEFA eine Kampagne namens *Say No to Racism*, in der be-
liebte Fußballstars im mega Close-Up in ihrer Mutterspra-
che »Nein« zu Rassismus sagen. Gut, die Fans von Ze-
nit St. Petersburg haben ihrem Verein ihre Unterstützung
unter dem Vorbehalt zugesagt, dass da nur Weiße spielen, aber hey, hier sind die überbelichteten Poren von Ga-

reth Bale, während er mit drollig walisischem Akzent »Say Nouoh to Rayciserm« sagt. Klasse, UEFA!

Aber das ist das Problem mit uns weißen, vermeintlich heterosexuellen Männern in Fußballtrikots. Wir sind so daran gewöhnt, alle Privilegien zu haben, wir gönnen anderen Gruppen nicht mal ihre Diskriminierung. Thorsten Legat hat bestimmt heute noch Panikattacken, weil er Pablo Thiam damals nicht mit dem N-Wort bezeichnen durfte.

Ich selbst gehöre einer nationalen Minderheit an. Ich bin Friese. Über mich gibt es auch Klischees: Dass ich zu dumm bin, eine Glühbirne zu wechseln, dass ich beruflich Robben die Schädel einhaue und den ganzen Tag besoffen in den Dünen liege. Aber die stimmen wenigstens alle. Wie das Land so der strukturelle Rassismus: friesisch herb. Deshalb wird hierzulande immer, wenn jemand mal nicht »Nouoh to Rayciserm« sagt, erstmal austariert, was man denn wohl alles noch sagen darf.

Was uns in das Jahr 2015 bringt. Glauben wir dem Fußballspieler Bakery Jatta, flieht er in diesem Jahr als 17-Jähriger aus Gambia nach Deutschland. Glauben wir der journalistischen Institution *SportBild*, flieht in diesem Jahr der bereits 20-Jährige Bakary Daffeh unter falscher Identität nach Deutschland. Glauben wir dem Film *Zurück in die Zukunft 2*, gibt es in diesem Jahr fliegende Autos, Sportler*innen haben bionische Gliedmaßen und Diana ist die Queen of England. Welche dieser drei Versionen stimmt? Spoiler: Das ist scheißegal.

Ja, Fakt ist, wenn die Version der *SportBild* stimmt, war Bakery Jatta zum Zeitpunkt seiner Einreise volljährig und hätte demzufolge nach deutschem Recht abgeschoben werden müssen. Ich glaube nicht, dass ein Mensch seine Heimat und Identität aufgibt, weil ihm die Millionen, die er in Gambia als Fußballer verdient, nicht genügen und er sich in Europa gerne ein paar bionische Beine kaufen würde. Ich glaube, da hat ein ohnehin schon gebeutelter

Mensch sein ganzes Leben hinter sich gelassen, um sich auf eine traumatisierende, ungewisse Suche nach einem Bruchteil der Sicherheit und des Wohlstands zu machen, der für uns weiße, vermeintlich heterosexuelle Männer in Fußballtrikots von den bionischen Kindesbeinen an selbstverständlich ist. Aber der Impuls von drei kleinen Traditionsvereinchen aus Nürnberg, Bochum und Karlsruhe ist dann nicht etwa die Einsicht, wie unfair es ist, dass dieser Mann, der mittlerweile in Deutschland arbeitet und Steuern zahlt, mit vermeintlich falscher Identität einreisen muss. Nein, diese Vereine legen gegen die HSV-Spiele mit Jatta-Beteiligung Einspruch ein. Denn »Say Nouogh to Rayciserm« ist wichtig, aber nichts ist so wichtig wie ein korrekter Spielerpass.

Wie viele Spiele habe ich mit der Jugend von Teutonia Stapelmoor spiellos gewonnen, weil irgendeiner der Gegenspieler keinen Spielerpass hatte? Macht ja auch kaum einen Unterschied, ob der besoffene Betreuer von Klabauterpimmelhausen vergessen hat, wie man Briefmarken kauft, oder aber jemanden, der hier ein geregeltes Leben führt, abschieben möchte nach … Tja, wo könnte er hin? Wenn er Fußball mag, kann er ja nach Katar und beim Pyramidenbau zur WM 2022 sterben?

Und weil es nicht genügt hätte, dass diese dusseligen Karlsruher Bakery Jatta – **weil er hergeflohen ist** – in ihrem Stadion auspfeifen (psst, Fans von Lazio Rom hassen diesen einfachen Trick), gibt es ja Gott sei Dank noch den 1. FC Nürnberg. Der 1. FC Nürnberg suchte nach einer – total strittigen – 0:4-Niederlage gegen den HSV im Senegal nach Zeugen, die Jatta vor dem Sportgericht belasten, um gegen das Spiel Einspruch einlegen zu können. Hey, wenn ihr da so ein tolles Netzwerk habt, warum helft ihr dann nicht direkt der Bundesregierung mit Abschiebungen nach Westafrika?

Der Fall war übrigens bis zum Druck dieses Buchs nicht vom Tisch. Die Staatsanwaltschaft ließ just 2021 ein neues

Gutachten über Jatta erstellen. Und wer weiß, vielleicht sagen dann ja auch endlich die armen Seelen vom Karlsruher SC, VfL Bochum, 1. FC Nürnberg und der *SportBild* aus. Mich würde vor allem interessieren, was Gareth Bale dann noch zu »Rayciserm« im Fußball zu sagen hat.

Ich hätte nämlich gerne einen Text über Fußball geschrieben, aber mit dem kann ich mich gar nicht immer so gut identifizieren.

*Wussten Sie, dass der Autor ungefähr 25 beflockte HSV-Trikots sein Eigen nennt? Mein persönliches Highlight: Ein Trikot von Rafael van der Vaart, auf das erst »Judas« gesprüht wurde, was später dann wiederum unzureichend abzuwaschen versucht worden ist.*

# King Drive – der Film

Ein Mann: »Hallo. Ich bin Jann Wattjes und …«

Ein Ziel: »So viel Geschmack für so wenig Geld: der neue King des Monats, der *Xtra Long Chili Cheese* mit dreimal frisch gegrilltem Beef, feurigen Jalapenos und cremig-scharfer Soße. Im King Menü für nur 4,49 – *Burger King*: Geschmack ist King«

Ein Problem: »Mit inbegriffen in die Maßnahmen zur Eindämmung der Corona-Pandemie sind Einschränkungen für die Gastronomie.«

Jann (gespielt von Ryan Gosling) ist eine tragische Figur. Die Anfangsszene ist ein komplettes Musical (das ich noch schreiben muss). Wir erfahren über Jann, dass er alles in der Pandemie verloren hat. Seine Eltern starben beim Versuch, sich gegenseitig umzubringen. Weil er die Inzidenzwerte nicht im Blick hatte, verpasste er sogar seine eigene Hochzeit. Seine Verlobte Monika hatte keine Wahl, sie musste im Standesamt jemand anderen heiraten. Als wäre das noch nicht genug, kam dann auch noch die Diagnose Krebskrebs. Er hat Krebs in seinem Krebs. Was gut ist, weil dann stirbt sein Krebs halt an Krebs. Leicht hat er es trotzdem nicht.

Da sitzt Jann nun in seiner Kellerwohnung, während diese riesige Musicalnummer um ihn herum von seinen

Niederlagen und Rückschlägen erzählt, es gibt ein gigantisches Feuerwerk, Eminem spielt Klavier (was er extra dafür gelernt hat), die Tänzer*innen formen einen riesigen Burger.

Sie hatten ja recht, der *Xtra Long Chili Cheese* war alles, was ihn jetzt aufheitern konnte. In einem Menü mit Cola und Pommes Mayo für 4,49 Euro. Aber *Burger King* hat geschlossen. Nur der Drive-In ist geöffnet, aber für den Drive-In braucht man ein Auto. Jann fährt aber kein Auto, er ist doch nicht in der CDU.

Ein gewöhnlicher Arthouse Film wäre jetzt einfach vorbei. Aber ein Hollywood-Blockbuster findet einen Sponsor, der den Tag rettet: ♪ *BlaBlaCar, BlaBlaCar* ♪. *Blablacar*, eine Mitfahrzentrale! Wenn man sich eine Mitfahrgelegenheit für Langstrecken suchen kann, kann man sich auch eine Mitfahrgelegenheit für den *Burger King*-Drive-In suchen.

Jann tippt: »Junger Mann, der aussieht wie Ryan Gosling, sucht Fahrer für …«

## SCHNITT

Oliver (gespielt von Wotan Wilke Möhring) hat alles. Geld, Frauen, Bitcoin, Nudeln, zu denen man im Supermarkt sagt »Die sehen aber komisch aus«. Oliver lebt ohne Reue. Ohne Reue? Nicht ganz. 2002 verlor Oliver seinen Sohn bei der Eröffnung eines riesigen Einkaufszentrums. Fünfzehn Jahre wartete er am vereinbarten Treffpunkt – dem *Burger King* – nur um dann zu erfahren, dass das Einkaufszentrum so groß war, dass es zwei *Burger Kings* beherbergte. Noch heute reist Oliver quer durch die Republik, um in den *Burger King* Filialen des Landes zu sitzen und sich selbst leidzutun. Die Corona-Pandemie hat ihm dieses selbstverletzende Hobby genommen. Wir sehen, wie sein Blick auf seine *Apple Watch* fällt: »*BlaBlaCar*?

*Burger King*? Drive-In? Der sieht aber so gar nicht aus wie Ryan Gosling ...«

SCHNITT

Jasmin (gespielt von einer Frau) lebt in ihrer eigenen Welt. Sie hat noch nie ein Wort gesprochen. Und ihr einziger Weg, mit der Außenwelt zu kommunizieren, ist es, Botschaften mit Mayonnaise zu malen. Mayonnaise, die sie gar nicht mag, die es aber immer zu den King Fries dazu gibt, weil es ihr leichter fällt, mit Mayo »Mayo« zu schreiben als »bitte keine Soße dazu«. Die Schließung der Gastronomie stellte ihre Welt auf den Kopf. Wir sehen, wie sie sehnsüchtig »Burger King Paderborn« bei Google eingibt und eine Annonce ihr Interesse weckt: »Hungrige zum Mitreisen gesucht ...«

SCHNITT

Matthias Schweighöfer (gespielt von Daniel Brühl) ist ein kleiner egomaner Schauspieler mit einem Käfergesicht. Es könnte nicht besser für ihn laufen, es finden sich sogar Menschen, die seine total beschissene Musik hören. Matthias fehlt nur eins: sein Vater. Als Kind verloren die beiden sich aus den Augen bei der Eröffnung eines Einkaufszentrums. Weil *Burger King* ihn damals so sehr enttäuscht hatte, wagte er sich seitdem nie wieder in einen hinein. Aber damit ist jetzt Schluss! Matthias hat nämlich eine Annonce gefunden von einem Mann, der aussieht wie Ryan Gosling und eine Fahrgemeinschaft für den *Burger King*-Drive-In sucht ...

SCHNITT

Zu einem Hit der Band Sigur Rós fährt Olivers Mercedes bis an die Bestellsäule vor. Die Stimme von Judith Rakers sagt: »Guten Abend und herzlich Willkommen bei *Burger King*. Ihre Bestellung, bitte!«

Weil Oliver fährt, darf er zuerst bestellen: »Ich hätte gern den *Whopper Jr.*, eine mittlere Cola ohne Eis ... und meinen Sohn, den ich bei euch verloren habe!«

Matthias wippt aufgeregt auf dem Rücksitz: »Du hast deinen Sohn bei *Burger King* verloren?!? Peinlich.«

Jasmin hat derweil einen Anfall auf dem Beifahrersitz: Sie hat ja gar keine Mayo mehr, mit der sie ihre Bestellung schreiben könnte! Aufgewühlt schafft sie es erstmals in ihrem Leben einen Satz zu äußern: »Alte Leute essen Kaninchen!«

Jann sieht sich derweil im Rückspiegel. Er hat lange nicht in seine schönen Augen gesehen. Er braucht das alles nicht. Nicht wirklich. Diese Menschen und ihre Schicksale, ihre persönliche Entwicklung. Den *Xtra Long Chili Cheese*. Die Chemotherapie. Jann steigt aus. Denn was Sie vielleicht übersehen haben während der Corona-Pandemie, während der sozialen Distanz – weil Sie zu sehr mit sich selbst beschäftigt waren oder zu wenig: *Burger King* liefert jetzt.

*Keine zehn Texte und wir sind wieder bei der 2. Bundesliga und Burger King angekommen. Man ist ja schon freudig überrascht, wenn Mayonnaise richtig geschrieben ist (Moment, ist es das?). Wie es wohl wäre, von einem komplexer denkenden Autor erdacht worden zu sein? Kafka zum Beispiel? »Als Gregor Samsa eines Morgens aus unruhigen Träumen erwachte, fand er sich in seinem Bett zum Erzähler von ›Das Leben ist wie eine Schachtel Sardinen‹ verwandelt.« Das würde ich lesen!*

# Dör de Dör dör

Bei meiner Oma ist die Haustür immer angelehnt. So muss sie nicht aufstehen, wenn sie Besuch bekommt: vom Pflegedienst, Essen auf Rädern, ihrer Familie oder der »mit Scheiße überbackenen« Frau Gebhart von der Gemeinde.

»MOIN!«, schreie ich dann immer ganz laut, aber sie hört ja nicht schlecht. Oma hört alles.

»Ik bün int Stuuv, du musst bloot dör de Dör dör.«

Es war für mich nie ein Problem, dass sie besser Platt- als Hochdeutsch spricht, aber »durch die Tür durch« ist auf Platt nun wirklich ein bisschen lächerlich.

»Musst eben kieken«, sagt sie stolz. Sie hat alle 85 Fotoalben aus den Regalen geräumt. Es wird ein stressiger Nachmittag werden.

»Ik heb all de Billers vant Billers funnen.«

Ihr Nachname ist Biller, was ungünstig ist, denn deshalb steht auf allen Fotoalben »Biller-Biller«; auf manche hat sie sogar »B. Billers Biller-Biller« geschrieben.

»Un de Frou van Äten up Röd frog mi, wat ik wohl am leevsten drinken wull.«

»Und was hast du gesagt?«

»Branntwien mit Rosinen!« ruft sie stolz, als sei mir der Gestank von Branntwein noch nicht aufgefallen.

»Wullst ok een?«, fragt sie rhetorisch, sie hat mir schon lange eingeschenkt.

»Set di man doa to, ick bün nu all int Fievtigern«

»Du bist schon bei den Fünfziger-Jahren?«, frage ich erleichtert.

»Joa, Achtteinhundertfieftig.«

Ich nippe sehr viel Branntwein, um keine Fragen stellen zu müssen, aber Omas Stube liegt außerhalb der Gesetze von Raum und Zeit, es vergehen mehrere Bücher, aber praktisch keine Minuten.

»Un datt is dien Ururgrootvader Wilke Wilken ut Wilkensgrod, de haar sien Huus hatt, liek bi de Wilkomsschild ›Wilkom int Wilkensgrod‹, daar wohnen nu Wilko un Wilma Willms ut Wildeshuusen. De oll Klöötsacken.«

Was für Außenstehende wie das Kauderwelsch einer Irrsinnigen klingen muss, sind mehrere Register Ahnenforschung.

»Un datt is Eddehard Edzards ut Etteln, de is joa mit dien Ururgrottant Edda verlovt weren. Bit he int flammen upgahn is, weil he de *Vaterunser* nich utwendig kung.«

»Eddehard Edzards aus Etteln ist in Flammen aufgegangen, weil er das *Vaterunser* nicht konnte?«

»Joa, lövt man dat? Dartig Jaaren int Kark un he kunn disse paar Zeilen nich? Up platt kunn he dat, doa is de Jesus ouk bichit scharp up west. Apropos scharp, wullst noch n Branntwien?«

Ich vermeide die Diskussion und lasse einfach einschenken. Bei ihr gibt es einen einfachen Merksatz für den angemessenen Konsum von Alkohol: »Hopp hopp, Wittmund is' bankrott!«

»Un dat is Frerk Frerichs vant Fredderhuusen. Dat wer een ganz fien Mann, harr he nich sien Gesicht up'd Achtersied hatt.«

Frerk Frerichs aus Fredderhuusen war auf dem alten Foto tatsächlich dargestellt, als wäre sein Hinterkopf sein Vorderkopf. Für ostfriesische Mythologie noch vollkommen harmlos, biologisch unwahrscheinlich.

»Joa de hebt tu hum alltied secht, för de verdreiht Frerk Frerichs vant Fredderhuusen hebt wi Freesen nix to freten. Dat is ouk immer een Saueree west, wenn he Zopp eten hett.«

Sie schüttelt den Kopf und hat schon den nächsten Branntwein vernichtet.

»Doa ant Dör sett sien Dochter Dörthe Dören.«

Ich kann mir nicht vorstellen, dass eine Frau, die ja auch begeistert Lindenstraße und Rosamunde Pilcher verfolgt, null Bewusstsein dafür hat, was für ausnahmslos lächerliche Namen in Ostfriesland grassieren.

»Okay, also mal angenommen, seine besagte Tochter Dörthe Dören ginge jetzt durch jene Tür durch.«

»Denn geiht sien Dochter Dörthe Dören dör de Dör dör. Wuso ouk nich? Fröllü düren in Oostfreesland siet neinteinhundert all allein dör Dören dör gahn.«

»Und gehen wir mal davon aus, seine Tochter Dörthe Dören geht nicht etwa durch irgendeine Tür, sondern wir wollen betonen, dass sie durch ihre eigene Tür geht?«

»Denn geiht sien Dochter Dörthe Dören dör Dörthe Dörens Dör dör.«

Ich schaue sie lange in Erwartung einer Reaktion an, aber sie bleibt hartnäckig.

»Un da is Eddehards Sohn Hette Heetsen vant Heetsiel. Hette Heetsen vant Heetsiel heet Hette Heetsen, weil he de heel Hett nich goodheeten hett. Kunn ik ouk verstahn, sien Vader is ja in'd Kark afbrannt, weil he dat Glövensbekenntnis nich kunn.«

Ich stelle meinen Branntwein triumphierend ab.

»Glaubensbekenntnis? Ich dachte, Eddehard Edzards aus Etteln konnte das *Vaterunser* nicht?«

Oma muss lachen.

»Villicht is dien Grootmoder ok eenfach bichit antüdelt un weet ouk nich wat dat all för komischen Lüü up de oll Fotos sünt«, gesteht sie.

Wir trinken noch ein bisschen auf Wittmunds Bankrott und denken uns zu den Bildern unserer Vorfahren abstruse Geschichten aus. Ich habe Oma versprochen, meine Familienhistorie genauso in Ehren zu halten wie sie.

*Halten Sie sich gut am Einband dieses Buchs fest: Der Autor spricht nicht ein halbes Wort Plattdeutsch. Da es ohnehin unmöglich ist, diese wilde Sprache zu verschriftlichen, wird das aber niemals jemandem auffallen. Glück gehabt!*

# Unterirdischer Zoo Osnabrück

Es ist ein herrlicher Sommertag – im Sommer. Meine Eltern, erklärte Kulturfeinde, nehmen mich mit auf einen Ausflug. Nach Disneyland. Was will denn ein 7-Jähriger im Disneyland? Ich bin ein deutscher Bub auf der Suche nach der deutschen Identität. Ich bin Fan von Oli Kahn, Gerhard Schröder und dem Elefanten aus der Sendung mit der Maus. Ich will keine amerikanische Propaganda in der egalen Stadt Paris. *Ah oui, oui, bienvenue á Paris.* Ich kann kein Französisch. Was ich neuerdings kann, ist lesen. Weshalb ich meinen Eltern mit Freude jeeedes Autobahnschild vorlese, während ich lautstark meine *Toffifee* kaue: »Erholungsgebiet Dümmer Dammer Berge«, »Naturpark Wildeshausener Geest«, »Weltkulturerbe ekliges, matschiges Wattenmeer bah«, »Niedersachsen – ziehen Sie doch weg!«.

Doch nie werde ich die Sensation vergessen, die meinen ganzen Körper durchfuhr, als ich las: »Unterirdischer Zoo Osnabrück«. Ich will nicht sagen, ich sei damals der Weltmeister im Quengeln gewesen, nur so viel: Meine Eltern und ich haben Disneyland nie gesehen.

22 Jahre später.

Es ist ein herrlicher Sommertag – im Winter. Der Klimawandel ist echt, sorry. Ich bin erwachsen. Also ich kann keine Steuererklärung schreiben, weiß nicht, wie man Briefe korrekt beschriftet, und frühstücke manchmal eine ganze XXL-Packung *Toffifee*. Aber alle Freiheiten des Erwachsenseins stehen mir zu. Ich kann mir den Tag freinehmen. Ich kann versuchen, meinen *Burger King*-Müll im Auto so zu rotieren, dass sich zumindest eines der Pedale treffen lässt. Und dann kann ich beten, dass die TÜV-lose Maschine, die ich nach den Dreharbeiten zu *King Drive* behalten durfte, heute noch einmal anspringt. Ich kann also gänzlich lebensmüde die A33 runterballern, um meinen Happy Place zu sehen.

Der Unterirdische Zoo Osnabrück ist anders als andere Zoos. »Unterirdisch« ist nämlich nicht geographisch gemeint. Sondern wertend. Der Zoo ist **unterirdisch**. Alle Tierpfleger sind stramme Nazis. Die Gehege sind aus Altpapier, aber die Tiere können sowieso nicht fliehen – sie sind alle schwer krank. Man traut sich kaum, nach Fruchtfliegen zu schlagen, weil man nicht genau weiß, ob die hier nicht eine Attraktion sind. Die »Erdmännchen« sind einfach nur gerupfte Igel. Manchmal spendet die Kripo Osnabrück die Drogenspürhunde, die es nicht durch die Prüfung geschafft haben, weil sie amphetaminabhängig geworden sind. Neben einheimischen Vögeln gibt es auch einen ganzen Schub exotischer Arten aus Münster. Viele träumen ja davon, einmal echte Wale zu sehen. Leider halten ebenso viele den Erlebnissonntag für einen sympathischen Tippfehler und kommen unvorbereitet zum »Schwimmen mit Aalen«. Wir können so viel von diesen majestätischen Tieren lernen. Langzeitabonnent*innen werden vom Zoomaskottchen Cyankali, dem Kaninchen, begrüßt. Es mag possierlich wirken, aber es saß mal im Landtag für die NPD.

Am Snackstand gibt es *Frufoo-Joghurt, Happy-Hippo-Snack, Gino-Ginelli-Eis, Qoo* und andere ausgestorben geglaubte Snacks für nur wenige Reichsmark. Das »komatöse Pferd« hat über die Jahre einige Imagewechsel durchgemacht vom »auf jeden Fall noch lebendigen Pferd« über »das tiefschlafende Pferd, das sehr gut mit sehr vielen Fliegen befreundet ist«, über den »Pferde-Ötzi« bis hin zum »gruseligen Halloween-Pferdeskelett«.

Ihr mögt meine Begeisterung für das Versagen dieser unethischen, hyperkapitalistischen Einrichtung für zynisch halten. Aber weit gefehlt.

Denn eine Attraktion des unterirdischen Zoos Osnabrück macht alle seine Verfehlungen wett. Die Zwergziegen! Süße, verspielte Mini-Ziegen in allen Farben des Ziegenbogens. Sie laufen frei herum, spielen Gummitwist und fressen aus der Hand. Ich kenne alle Ziegen persönlich. Fluffy, Beppi, Toto, der Großherzog, Schnaufi, Tappsi und Hermann Göring. Das war kein Scherz mit den Nazis, niemand arbeitet hier freiwillig. Es ist das größte Resozialisierungsprogramm Westdeutschlands. Meine Ziegenfreund*innen schwirren um mich herum in heller Aufregung und Freude. »Hurra, Jann ist da!«, kann ich sie mähen hören. Sie erwarten, dass ich sie aus meinen Händen füttere. Aber die Futterautomaten sind leer. Das ist selbst für den unterirdischen Zoo Osnabrück unterirdisch.

»Jann Wattjes ...« Ein alter Mann zeigt mit dem Finger auf mich.

»Kenne ich Sie?«

»Nein. Aber ich kenne dich, Wattjes. Das Jahr war 1999. Mein Leben lang war ich endlose und sinnlose Strecken auf der Autobahn gefahren, auf der Suche nach der Identität dieses Landes. Bis ich ihn fand: den unterirdischen Zoo Osnabrück. Es war die Hölle, die Tierpfleger waren Nazis, alle Tiere waren schwer krank, die »Erdmännchen« waren ...«

»Gerupfte Igel, ich weiß.«

»Aber die Ziegen, Wattjes, die Ziegen! Sofort habe ich mich in die Ziegen verliebt. Sie nahmen mich auf wie einen von ihnen, erzählten mir Gruselgeschichten und machten mit mir Persönlichkeitstests in der *Bravo*. Bis eines Tages ein kleiner Bengel in meinem Zoo auftauchte und meine Ziegen mit einer ganzen XXL-Packung *Toffifee* fütterte. Dieser Bengel warst du! Fluffy, Beppi, Toto, der Großherzog, Schnaufi, Tappsi und Hermann Göring wurden schwer und träge und hatten keine Lust mehr, mir aus der Hand zu fressen und mit mir in der *Bravo* zu lesen. Ich schimpfte und vandalierte. Das passte den Nazis natürlich gar nicht, schimpfen und Vandalismus sind nämlich linke Gewalt und viel schlimmer als zum Beispiel Wohnhäuser anzuzünden. Sie belegten mich mit 22 Jahren Hausverbot, 88 wären nämlich zu auffällig gewesen. 22 Jahre, in denen ich mir geschworen habe, dich zu finden! Und nun wirst du hier zusehen, wie ich deine Ziegen füttere!«

Die Ziegen verlassen mich sofort und fressen die Pellets aus den faltigen Händen des irren Mannes. Es ist demütigend, so viel kann ich sagen. Aber vielleicht ist genau das die deutsche Identität, nach der er und ich gesucht haben: In einem riesigen Haufen Scheiße etwas finden, das einem wirklich etwas bedeutet und dann von anderen Deutschen wieder kaputt gemacht wird.

*Um die drohende Klagewelle zu diesem Werk zu minimieren, möchte ich klarstellen, dass der Unterirdische Zoo Osnabrück großartig ist! Sandkatzen sind die niedlichsten Tiere, die Sie jemals (na ja, zumindest in Gefangenschaft) sehen werden. Auch Osnabrück selbst hat einiges zu bieten:*

.........................................................................................

*(zum selbst Ausfüllen für Fans)*

# Planet ohne Mond

denn der astronaut
der scheiß astronaut
der jetzt dasitzt
dick faul allein
wie so ein
planet ohne mond
-
was machen wir
denn hier jetzt
man könnte ja
ein schiff bereiten
aber das dauert
und das kostet
-
denn der astronaut
dieser scheiß astronaut
wie hieß der
ach ja klaus
klaus hatte vergessen
dass er heimweh hat

gar nicht

am Abend    im Garten
auf RTL zwei   bei der Arbeit
da sah ich    verrat ich
in den Augen   mein Vertrauen
Claudia Effenbergs in dein Handwerk
vermeintlich   nämlich
gar nichts    gar nicht

wie Plagen    wir lagen
Columbidae   nur zu zweit
doch seh ich   da sag ich
Babytauben   dir beim Rauchen
kreuz und quer   durch den Teer
verdächtig    ich lieb dich
gar nicht

*Mögen Sie Lyrik? Dachte ich mir. Sonst hätten Sie sich ja einen Lyrik-
band gekauft. Die Annahme, dass »Prosa« und »Lyrik« im Poetry Slam
konkurrierende Lager bilden, kann ich nicht bestätigen. Und doch waren
die vergangenen beiden Seiten vergleichsweise schnell gefüllt, just saying.*

# Eine Krankschreibung

Ich rufe bei meinem Hausarzt an.

»Sie sind verbunden mit der Praxis Dr. Schlubensuben: Allgemeinmedizin und Kleintiere. Ihr Erlebnishausarzt für die ganz besonderen Momente. Bitte haben Sie einen Moment Geduld.«

»Watt is?!«, begrüßt mich die Arzthelferin höflich.

»Äääääh. Ich hab Ebola.«

Vielleicht ein bisschen übertrieben. Aber sonst wird man halt nur gefragt, ob man denn schon Ibuprofen genommen habe. Als wäre das ein Wunderheilmittel, das den Ärztestand quasi obsolet gemacht hat.

»Haben Sie schon Ibuprofen genommen? Das ist ein Wunderheilmittel, das den Ärztestand quasi obsolet gemacht hat.«

Krankschreibungen funktionieren nicht mehr so romantisch wie früher, als man einfach so viel Bier ins Vanilleeis gekippt hat, bis beim Durchfall die Organe mit rausguckten. »Nee. Kann ich vorbeikommen?«

»Nee.«

»Oh.«

»Natürlich können Sie vorbeikommen, wir sind doch nicht Lieferando.« Sie legt auf.

Ich suche meine Krankenversichertenkarte. Sie ist abgelaufen. Aber Doktor Schlubensuben wird das nicht so eng sehen. Er kann nämlich überhaupt nichts mehr sehen. Oder hören. Er hat Kopfschwund. Weil er seine Passion Paragliding trotzdem nicht aufgeben wollte, avancierte er 1999 außerdem zum ersten Mediziner ohne Gliedmaßen. Aber auf dem Dorf wechselst du nicht einfach so die Praxis. Außerdem kommt Dr. Müller aus Wittmund. Und ich lass mich lieber gar nicht abtasten als von einem Wittmunder. Diese gottlosen Lungenfresser!

Im Wartezimmer bei Doktor Schlubensuben gibt es immer Bonbons. Sie schmecken auch heute nach Minze, Citrus, Schweinefüßen und einer unbeschwerten Zeit, in der man noch gar nicht wusste, dass Bonbons ablaufen können.

Heute ist viel los. Gerd ist der Orts-HSV-Fan. Er hat schwere Depressionen und leichte Glasknochen, die nur noch zusammengehalten werden durch einen ausgeblichenen Fanschal, den Rafael van der Vaart mal mit einem wasserlöslichen Stift unterschrieben haben soll. Bis heute hat es niemand übers Herz gebracht, ihm zu sagen, dass das Einzige, was man tatsächlich auf diesem Schal erkennt, das Wappen von Eintracht Frankfurt ist.

Erna Semmelfremmel ist noch in Österreich-Ungarn geboren und redet andauernd ungefragt vom Weltkrieg. Dem ersten. Dafür ist sie noch sehr fit, alle wissen, dass sie Dr. Schlubensuben nur besucht, weil er ein angesagter Junggeselle ist und sie sich gerne in seine nicht-vorhandenen Arme fallen ließe.

Der alte Kwiatkowski ist mit seiner Fledermaus da. Ich frag mich, was ihr fehlt, ich mache mir Sorgen. Ich selbst bin ja nur hier, um eine Krankschreibung zu bekommen, raube quasi die Zeit der Leute, denen das Wichtigste im Leben abhanden geht: ihre Gesundheit. Diese Menschen (und Kleintiere) sitzen hier mit Schmerzen und Angst.

Wartezimmer sind beklemmend. Die Murmelbahn ist voller Kinderbakterien, ein Wandtattoo – »Ich denke, also bin ich« – und im Wasserspender gibt es nur stilles Wasser. Da kann man auch Speichel trinken.

HSV-Gerd hat sich zu mir gebeugt: »Das Leben meint es gut mit einem. Am Ende. Kennst du Volker Schmidt? Volker Schmidt war Außenverteidiger. Volker Schmidt hat sein Leben lang in der zweiten Mannschaft vom HSV gespielt. Aber als es in der Saison 2006/2007 kritisch wurde, hat man Volker Schmidt in die erste Mannschaft befördert. Beim 0:0 gegen den 1. FC Nürnberg übernahm Volker Schmidt waghalsig die Verantwortung für einen Einwurf, der zu einer Einwurfsflanke geriet, die übers gesamte Feld flog und einen kleinen Jungen im Gästeblock traf. Dieser Junge war Barack Obama.«

Der alte Kwiatkowski hat keinen Bock mehr auf Gerds Gerede und die Magazine vom Grabbeltisch durch.

»Du brauchst genau zwei Sachen im Leben. Zwei Sachen. Genau zwei. Brauchst du. Im Leben. Essen und Sitzen. Geht beides seit meiner Darmteilung nicht mehr. Alles Merkels Schuld.« Für Erna Semmelfremmel war ungefähr jedes Wort mit Vokal ein Stichwort: »Ja, damals nach'm Krieg war das ja genauso. Da mussten wir alles mitessen vom Schwein, auch die Gedärme. Bloß die Lungen konntest du nicht essen. Das haben nur die Wittmunder gemacht! Diese gottlosen Lungenfresser!«

Ich überhöre gekonnt, was ihre Anekdoten mich lehren wollen. Meine Augen sind auf das Wandtattoo gerichtet: »Ich denke, also bin ich.« Descartes hatte unrecht. Ich denke, also bin ich wahrscheinlich selbst nur ausgedacht. Denn wenn ich mir diese abgefuckten Personen in diesem abgedrehten Text ausdenken kann, dann kann ich doch genauso ausgedacht sein. Und ich werde gar nicht wirklich krank, sondern jemand denkt sich meine Krankheiten aus.

Jemand entscheidet, wer zur Arbeit muss und wer nicht, wer stirbt oder wer nicht behandelt wird, weil er sich keine Krankenversicherung leisten kann. Und wenn wir Pech haben, ist das eben nicht der christliche Gott, sondern Jörg Pilawa oder so!

»Die 25 und Bami Goreng ohne Sprossen einmal in die Liegnitzer 9 zu Schillers.«

Ich wende mich an die Arzthelferin, die gerade fleißig Gerichte in die Lieferbox packt. Wisst ihr, was ein Freudscher Versprecher ist? Eigentlich wollte ich ihr sagen: »Ich fühle mich schon besser.« Rausgerutscht ist mir: »Sie dumme Pute, ich wollte nur mal einen Day off haben, stattdessen musste ich mich jetzt mit dieser Freakshow auseinandersetzen und mir Gedanken machen. Das kann Jörg Pilawa so nicht gewollt haben!«

Als ich gehe, sehe ich, dass Kwiatkowskis Fledermaus einen kleinen Verband und einen Lolli bekommen hat. Das Leben meint es gut mit einem. Am Ende. Kennt ihr Volker Schmidt?

*Lesen Sie »Eine Krankschreibung« laut in einem Wartezimmer Ihrer Wahl vor und machen Sie danach Selfies mit den ergriffenen Patient\*innen. Dann löschen Sie die Selfies und kaufen dieses Buch hundert Mal. Ich wette, das trauen sich nur die wenigsten!*

# Es gibt Aliens

»Es gibt Aliens«, hast du gesagt. Und das überrascht mich. Also nicht, dass es Aliens gibt. Denn die gibt es nicht. Na ja, wahrscheinlich schon, aber eben nicht mit dieser präzisen Sicherheit, mit der du das behauptest. Super unwahrscheinlich, dass wir alleine im Universum sind. Mega unwahrscheinlich, dass Aliens seit Jahrhunderten unter uns weilen, die Pyramiden gebaut haben, die Demokraten unterwandern und zusammen mit den Nazis auf der Rückseite des Mondes SpaceSchäferhunde züchten.

Ich hatte schon viele Freundinnen (Texte dürfen fiktiv sein). Schlaue und dumme, nette und gemeine, schöne und Frederike. Gläubige und atheistische, talentierte und Poetry-Slammerinnen, aufregende, interessante Persönlichkeiten – und Frederike. Aber keine von denen hat an Aliens geglaubt. Wie dysfunktional sind denn bitte Ufos? Das sind Frisbee-Scheiben. Wer wirft die? Und warum sollten Reptiloide inkognito bleiben, wenn denen eh schon Facebook gehört? Und woher sollen die kommen? Jupiter? Uranus? Uranus ist ein absoluter Scheißhausplanet. Natürlich spräche das dafür, dass die Aliens da wegwollten. Da ist ja nichts los.

Aber du sagst, ich soll aufhören, auf dem Thema rumzuhacken – und brichst den Geschlechtsverkehr ab. Etwas übertrieben in meinen Augen, doch dazu neigst du. Es ist halt auch übertrieben, an Aliens zu glauben, nur weil man sich nicht jeden Scheiß erklären kann. Das wäre so, als würde die Menschheit über Jahrtausende an einen monotheistischen Gott glauben, der sie erschaffen und mit einem Buch ausgerüstet hat, an das man sich halten muss, weil man von ihm gequält würde, wenn man so verrückte Sachen macht wie Masturbieren oder sonntags Arbeiten.

Ja, okay, upsi.

Du glaubst also an Aliens. Ich finde einfach, das ist etwas, was man klärt, bevor man zusammenkommt. Wie das Alter, ob man Kinder will oder schon welche hat und welchen Fußballverein man mag. Weil eigentlich sind emotionale Männer ja toll, aber wenn man jedes Wochenende sein HSV-Trikot nass weint, weil die schon wieder vier Tore von irgendeinem Provinzverein gefangen haben, ist das auch wieder nicht richtig. Ob man Katzen bevorzugt oder diese stinkenden, bellenden Riesenratten, die unsere Gehwege vollscheißen. Ob man einen Fußfetisch hat – oder vielleicht gar keine Füße. Ich schaue auf deine Füße. Zu meiner Erleichterung hast du welche. Aber jetzt, wo ich weiß, dass sie jemanden transportieren, der an Aliens glaubt, weiß ich einfach nicht mehr, ob sie meinem Fußfetisch genügen. Woher weiß man, dass jemand der Richtige für einen ist? Was ist, wenn ich jemanden kennenlerne, der nicht an Aliens glaubt? Und vielleicht sogar noch schönere Füße hat als du? Vielleicht hätte ich bei Frederike bleiben sollen. Spaß, Frederike ist einfach eine super nutzlose Pferdekackfliege – hör halt auf, meine Bücher zu lesen. Ich kann trotzdem nicht mit jemandem zusammen sein, mit dem ich keine Gemeinsamkeiten finde. Wenn es wenigstens eine Sache gäbe, die mich sicher macht, dass wir überhaupt zueinander passen!

Und ich sag: »Was ist mit *Breakfast at Tiffany's*?«

Sie sagt: »Ich denk, ich erinner mich an den Film, und soweit ich weiß, glaub ich, wir mochten den beide.«

Und ich sag: »Nee. Der ist so krank langweilig.«

Ich meinte offensichtlich den Song über den Film von *Deep Blue Something*. Sonst hätte ich ihn doch nicht so dümmlich übersetzt rezitieren müssen.

»Ich liebe dich trotzdem«, sagst du.

Und da merke ich, ich liebe es auch, mit dir im Markt-kauf so lange die gratis Weine zu testen, bis wir besoffen genug sind, um dann doch alle zu kaufen. Ich liebe, dass du bis zur WM gedacht hast, Panama sei fiktiv, und das jetzt nicht mehr zugibst. Ich liebe, deinen Döner noch auf-essen zu müssen, denn wie sollst du den jemals schaffen, du bist ja zwei Zentimeter kleiner als ich. Und Lebensmit-tel wegwerfen geht bei dir gar nicht, denn es sterben ja gerade Menschen – in Westeros. Ich liebe sogar, wenn du mir vorhalten willst, ich sei kindisch, wir aber nicht reden können, weil du das Passwort zum Einlass in meine Kissen-festung nicht kennst.

Du bist nicht perfekt. Aber ich auch nicht. Ich habe ge-rade einen Text über Aliens geschrieben. Anstatt über die wichtigen Probleme dieser Welt, die faszinierenden Situ-ationen, in die mich mein Fußfetisch schon gebracht hat, oder darüber, wie wichtig du mir bist. Wir müssen gar nicht perfekt füreinander sein. Wir müssen nur perfekt füreinander sein wollen – und darüber lachen können, wie erbärmlich wir daran scheitern.

Ich nehme deine Tentakel. Du sonderst wieder die-sen tödlichen Schleim ab, triffst mich aber bewusst nicht. Glaube ich. »Krgurul izhalak«, sagst du aus allen deinen vier Schnäbeln und ich meine mich zu erinnern, dass das entweder »Frieden zwischen den Welten, Erdling« heißt oder »Scheiß auf Frederike!«.

Wissenschaftlich betrachtet ist die Existenz außerirdischen Lebens wesentlich wahrscheinlicher als ein Universum, in dem wir der einzige bewohnte Planet sind. Allerdings ist es auch wahrscheinlicher als nicht, dass wir in einer Simulation leben. Stellen Sie sich eine Person oder KI vor, die Interesse daran hat, zu simulieren, wie Sie gerade ernsthaft diesen Kommentar zu diesem Text in diesem Buch lesen. Da kann man echt besser an diesen Bibel-Quatsch glauben.

# Der Marder

Paris ist die Stadt der Liebe, Berlin ist die Stadt der Freiheit, Paderborn ist die Stadt, in der man nirgendwo mehr gratis zur Toilette kann. Am Stand der Salafisten geht das als Bartträger noch, man muss dafür aber im Gegenzug einen stark gekürzten Koran mitnehmen.

Wie immer, wenn ich eine fatalistische Entscheidung treffe, ruft meine Mutter an: »Kelly, es ist passiert, komm sofort nach Hause (meine Mama nennt mich Kelly wegen ihres Lieblingssängers R. Kelly. In Ostfriesland gibt es kein Internet, da ist quasi 2002)! Die Einsatzkräfte sind unterwegs, das Dorf wurde großflächig eingezäunt. Die Kirche betet heute für uns. Wir haben einen Marder.«

Ich will euch nicht mit ostfriesischer Mythologie langweilen. Aber Marder sind eine große Sache:

1. Sie zerbeißen Kabel.
2. Sie zerbeißen Kabel.

Ich klemme also meinen Koran unter den Arm und lege meiner Katze 10 Euro für Essen auf den Tisch. An unserer Bushaltestelle angekommen, werde ich durch eine Schleuse gelotst und bewaffnet. Das ganze Dorf hat sich in unserem Vorgarten versammelt.

»Kelly! Du brauchst keine Angst zu haben, die Mama hat alles aus deinem Kinderzimmer in Sicherheit gebracht: Die *Twilight*-Filme, die *Twilight*-Bücher, die *Twilight*-Bettwä-

sche, die beglaubigte *Twilight*-Urkunde, die offiziell bestä-
tigt, dass das keine Phase ist. Die ganzen Klassenfotos, bei
denen du so schön die Augen deiner Mitschülerinnen aus-
geschnitten hast ...«

Das Militär ist da, sogar Opa hat seine Uniform angezogen. Ich möchte nicht spezifizieren, welche, aber es ist
krass, dass er die noch hat. Er isst seine Zigarette zu Ende,
dann drückt er mir eine Stabgranate in die Hand:

»Der Marder ist das feigste Tier von allen. Er mag nicht
danach aussehen, aber alles, was er will, ist Schaden anrichten. Er versucht, sich bei dir einzunisten und von innen heraus deine Systeme zu kappen. Du musst ihn von
Anfang an mit allen Mitteln bekämpfen, denn du kannst
ihn nur so lange ignorieren, bis es zu spät ist.«

»Wo ist der Marder?«

»Auf dem Dachboden. Wenn die See ruhig ist und
NDR 1 gerade nicht die Hits der 80er, 90er und das Beste
von heute spielt, kann man ihn wühlen hören.«

»Und er kann sicher nicht erst mal dableiben, solange
er nichts macht? Es ist ein Lebewesen, müssen wir das in
der Ordnung, in der wir leben, nicht aushalten?«

Noch während seiner problematischen Antwort bahne
ich mir meinen Weg durch die verwüstete Doppelhaus-
hälfte. Zusammengerollt in der rechten Ecke liegt ... Björn
Höcke.

»Hallo«, er versucht, mir die Hand zu geben, aber ich
habe bei der Thüringer Landtagswahl aufgepasst.

»Entschuldigen Sie mich kurz.«

Ich trete vor die Menge. »Okay, also wir haben keinen
Marder. Auf unserem Dachboden wohnt Björn Höcke ...?«

Erleichtert rüsten die Menschen ab.

»Na, Otto sei Dank, mein Kelly, es ist trotzdem für alle
Helfenden Suppe da!«

»Mama, Björn Höcke ist auf unserem Dachboden.«

»Willst ihm auch 'nen Teller Suppe bringen?«

»Nein, Mama, ich möchte einem sozialen Brandstifter, den man auf gerichtlichen Beschluss als Faschisten bezeichnen darf, keinen Teller deiner Krabbensuppe bringen.«

»Was frisst so'n Höcke denn? Ich hätt auch noch Seehundsuppe da.«

»Mama, ich möchte rechten Politikern überhaupt keine Suppe bringen.«

»Ach, jetzt wo der Marder ein Politiker ist, dessen Meinung dir nicht passt, muss er auf einmal verschwinden. ›Es ist ein Lebewesen, müssen wir das in der Ordnung, in der wir leben, nicht aushalten?‹«

Meine Familie wählt immer schon SPD. Nicht aus Überzeugung, sondern weil in Ostfriesland wirklich quasi 2002 ist. Ich verlange nicht, dass eine Region, in der Seebestattung heißt, den vollständigen Kadaver bei Ebbe in die Nordsee zu werfen, mein Weltbild teilt. Aber ich hasse es, wenn sie so tun, als seien sie progressiv. Denn ich finde nicht, dass unsere Demokratie aushalten muss, dass einige Menschen sie nicht aushalten. Ich muss nicht die »Ängste« von Gleichaltrigen ernst nehmen, mit denen ich früher NPD-Plakate beschmiert hab und die jetzt die gleichen Plakate in blau aufhängen. Und ich finde verdammt nochmal nicht, dass das faschistische Aushängeschild der AfD auf meinem Dachboden Seehundsuppe essen sollte.

Ich hocke mich zu Höcke und bitte ihn, zu gehen. Er sagt, dann käme nur jemand noch Schlimmeres. Vor ihm hätten hier schon Lucke, Petry und Gauland gelebt.

Ich glaube nicht, dass es schlimmer geht, und überlege, ob Sauron auf meinen Dachboden passt.

»Was lesen Sie da?«

Ich gebe Björn Höcke meinen Koran. Er zerfällt sofort zu Staub und einem Vogelschiss.

Später am Tisch fragt Mama, ob ich jetzt alle meine Probleme mit Salafismus lösen will. Ich schaue zu Opa, der gerade zur Vorspeise einer lebendigen Möwe in den Nacken beißt. »Nein, ich habe heute etwas Anderes gelernt. Der Marder ist das feigste Tier von allen. Er mag nicht danach aussehen, aber alles, was er will, ist Schaden anrichten. Er versucht, sich bei dir einzunisten und von innen heraus deine Systeme zu kappen. Du musst ihn von Anfang an mit allen Mitteln bekämpfen, denn du kannst ihn nur so lange ignorieren, bis es zu spät ist.«

*Leider verwarf man die Idee, zu jedem der Bühnentexte noch eine B-Side rauszubringen. Das Feuilleton hätte sich mit Sicherheit über Texte wie »Dieser affengeile Bolognese-Text« oder »Hass in Zeiten von Hamm (Westf.) Hauptbahnhof« gefreut. Die Geschichte eines putzigen Baummarders, der sich an die Spitze der Alternative für Deutschland hetzt, hätte meiner Meinung nach weltweit Herzen erwärmt.*

# Wo sehen Sie sich selbst in sechs Minuten?

»Gerade als ich den Sinn des Lebens verstanden hatte, wurde er geändert.« Oma war dagegen, dass ich mir das tätowieren lasse. Aber ich habe ihr gesagt, das Tattoo sei nur temporär. Denn **alles** ist temporär. Selbst Zeit. Auch wenn Zeit natürlich schon da gewesen sein muss, als man Zeit noch nicht Zeit genannt oder als solche verstanden hat, sonst könnte man ja gar nicht sagen, dass das vor der Zeit gewesen sei.

Aber Zeit verschiebt sich eben auch, deswegen ist im Dschungelcamp jetzt morgens und irgendwo auf der Welt ist immer gerade dein Geburtstag.

»Das stimmt doch überhaupt nicht«, sagt Frau Priester und sie scheint sauer zu sein, denn aus Versehen bin ich in der Zeit verrutscht und habe das schon vor 14 Jahren gesagt.

Im Physikunterricht, wo Zeit einfach nur ein kleines t ist – und relativ. Aber wenn Zeit relativ ist, verstehe ich halt auch nicht, warum nicht gerade mein Geburtstag sein kann. Mein siebter, an dem Arne einen gottverdammten Frosch gegessen hat, nur um uns zu beeindrucken. Wenn ich darüber nachdenke, dass ich an nichts anderes denken konnte, als ich ihn auf der Beerdigung meiner Oma wiedergesehen hatte, war er damit wohl ziemlich erfolgreich. Aber das ist das Gute an Zeit: Nur weil Zeit ausschließlich in eine Richtung geht, heißt das nicht, dass uns die andere Richtung nicht wesentlich mehr bedeutet.

»Gerade als ich den Sinn des Lebens verstanden habe, wird er geändert.« Vielleicht spielt diese Stelle in der Zukunft und Sie waren einfach so beeindruckt von diesem Text, dass Sie direkt einen lokalen Poetry Slam besucht haben. Aber wahrscheinlich nicht.

»Arne, ich hab dir gleich gesagt, das is nur so 'ne aufgesetzte Kunstkacke mit gescheiterten Berufsjugendlichen, die ihre Stromrechnung nicht zahlen können werden.«

»Blöah. Ich glaubte, es hatte gehackt, Georg! Ich hab 'nen Frosch im Hals gehabt!«

»Da war ja der Hund in der Pfanne verrückt geworden, das ist ja 'n echter Frosch gewesen.«

»Joa, muss ich mal auf irgendeinem Kindergeburtstag gefressen gehabt haben.«

Okay, stopp, das spielte jetzt zu einer ganz anderen Zeit und geht noch mehrere Jahre so weiter.

Es heißt nämlich immer, Zeiten ändern sich, aber das stimmt überhaupt nicht. Zeiten sind das einzige, was sich nicht ändert. Für einen Slam-Text hat man immer genau sechs Minuten. Die Tagesschau läuft immer um Punkt 20:00 Uhr und die K6 fährt jeden Morgen um 7:45 Uhr zur Edzard-Jansen-Straße. Obwohl heute niemand mehr weiß, wer Edzard Jansen war. Sein Leben muss so belanglos gewesen sein, dass nicht mal Oma sich dazu erbarmt hat, sich eine Geschichte über ihn auszudenken.

Aber wahrscheinlich kannten den auch seinerzeit nur wenige Zeitgenossen, denn aktuell steht bei Wikipedia über Edzard Jansen gar nichts. Er könnte der erste Zeitreisende gewesen sein. Allerdings könnten ja alle Zeitreisenden die ersten Zeitreisenden gewesen sein. Deswegen trifft man wahrscheinlich so selten welche, weil die ihre Zeit damit verschwenden, das zu klären. In meinem Wikipedia-Artikel steht das Geburtsdatum falsch. Also kann mein Geburtstag doch sein, wann ich möchte. Ich habe auch versucht, mein Todesdatum bei Wikipedia einzutragen. Aber das könne man ja jetzt noch nicht wissen, hieß es. Den Sinn des Lebens kann man aber auch noch nicht wissen, und ändert ihn halt immer wieder. Angeblich heilt Zeit alle Wunden, aber das ist auch so ziemlich das Mindeste, Zeit tötet uns nämlich auch alle in durchschnittlich 81,2 Jahren. Eigentlich ist das ganze Leben Sterben, nur eben in sehr langsam. Wenn Sie nicht gelebt haben, dann sterben Sie noch heute.

Im Endeffekt sind wir alle Benjamin Button. Nur rückwärts. Wären Sie nicht lieber Sie in fünf Sekunden, als Sie schon gewusst haben werden, dass *Great Gatsby* vom selben Autor geschrieben worden ist wie *Benjamin Button*? So etwas könnte man wissen, finde ich. Genauso wie man wissen könnte, dass Zeit eine Polonaise ist, Santiano seit über 300 Jahren existieren und in Ostfriesland gerade 2002 ist. Aber meine Freundin hat gesagt, es sei Zeit, zu gehen, weil ich mir zu viel Zeit für Fiktion genommen habe. Vielleicht war es aber auch wegen damals, als sie nicht wusste, wer *Great Gatsby* oder *Benjamin Button* geschrieben hat oder dass Futur I später ist als Futur II.

»Ich werde den Sinn des Lebens gerade verstanden haben, bevor er geändert werden wird.«

Wir hätten uns halt auch nicht die ganze Zeit darüber streiten müssen, ob Dschungelcamp doch nur im Studio aufgenommen wird, wenn sie mir eh nicht erklären kann, warum dann da gerade morgens ist. Und vielleicht hätte ich zu dem Zeitpunkt, den sie für richtig hielt, an ihren Geburtstag denken können – was Frau Priester aber überhaupt nicht interessiert. Arne kann unser Referat leider auch nicht retten, er hat sich verschluckt. Ich kriege eine

6 und muss in die Dschungelprüfung. Die heutige Dschungelprüfung ist die schwerste aller Zeiten: Warten.

Aber das ist nicht schlimm. Denn irgendwo auf der Welt ist immer gerade dein Geburtstag.

Alles Gute und liebe Grüße
Jann

Ich schreibe noch »für Oma« und das Datum auf den Umschlag. Denn ich habe leider keine Zeit, zu kommen, obwohl die Menschen, die von uns die meiste Zeit auf dieser Welt verbracht haben, sich einfach nur wünschen, dass man sich Zeit für sie nimmt. Aber jetzt, wo Oma in der *Zeit* gelesen hat, wie junge Menschen Beziehungen führen, ist sie immerhin nicht böse, dass ich ihr meine Freundin nicht vorstellen kann, weil die halt zur Zeit gar nicht meine Freundin ist. Und wenn irgendwo auf der Welt immer gerade dein Geburtstag ist, ist halt auch egal, wann wir ihren Geburtstag feiern. Vielleicht erst, wenn die K6 nicht mehr bis zur Edzard-Jansen-Straße fährt, sondern zur Jann-Wattjes-Straße und alle vergessen haben, wer das ist, weil nicht mal die Geburts- und Todesdaten bei Wikipedia stimmen. Kennen Sie den Unterschied zwischen Erzählzeit und erzählter Zeit? Die meisten Menschen sterben nämlich vor ihren Beerdigungen und dann überlebt die Fiktion, für die ich mir so viel Zeit genommen habe, die Personen, für die ich sie überhaupt geschrieben habe.

Wissen Sie jetzt, wo Sie sich vor sechs Minuten in sechs Minuten gesehen haben? Ich hatte mir das ehrlich gesagt noch nicht überlegt. Aber ich mache mir damit keinen Stress. Ich hab Zeit.

*Boah, keine Ahnung.*

# Weihnachten — im Liveticker

**11:51:** Heutiges Line-Up: Mama, Papa, Opa, Tante, Onkel, Brüder Jan (mit einem N), Jannn (mit drei N) und ich. Es ist das fucking Jahresfinale.

**11:56:** Das Haus hat sich verändert. Im Flur hängt ein übergroßes Bild von Jan mit seiner Freundin. Daneben eins von mir mit August. Aua.

**12:01:** Opa wird unruhig. Um diese Zeit hat er für gewöhnlich schon zu Abend gegessen.

**12:03:** Für uns ist es die erste von sieben Mahlzeiten. Fuddel: Ein Ostfriesischer Klassiker, Butt gefüllt mit Scholle, gefüllt mit Thunfisch. Wer nach einer Beilage fragt, hat diesen Landstrich nicht verstanden.

**12:07:** Der Jüngste holt den Fuddel aus dem Ofen. Mit bloßen Händen, so ist es Brauch. 24 Jahre Schmerz greifen nach dem Blech, halt durch, Jannni.

**12:12:** Die ersten Schnäpse fallen. Zu *Weihnachten auf dem LKW* von den Amigos werden sich jetzt erstmal HKT und Averna reingelebert.

12:27: Opa überspringt den Small Talk: »Wenn wir alle unsere Wünsche zusammenlegen, schaffen wir es vielleicht, dass Claudia Kleinert nie wieder das Wetter berichten darf!«
Besinnliche Stille.

12:31: Funfact, weil die meisten das nicht glauben: Mein großer Bruder heißt wirklich Jan. Nein, das ist nicht illegal. Nein, unsere Eltern hassen uns nicht (beide).

12:46: Tischgebet für die armen Seelen, die heute in die Kirche müssen.

12:53: Jannn verbrennt sich extrem an einer der Kerzen. Die Tischdekoration ist aber nicht kritisierbar.

12:56: Kirchenchor im Hintergrund. Mir entgleitet ein »Ja, lobet den Herrn, ey«. Zweieinhalb Schmunzler, drei irritierte Blicke.

13:01: Opa platzt der Kragen: »Was, Prost?! Das heißt Hopp Hopp, rin in Kopp!«

13:09: Jetzt Eiskonfekt und Pudding. Mama macht einen zerfahrenen Eindruck.

13:21: Fünftes Bier, fünfter Schnaps. Mein Wunschpegel.

13:25: »Menschen ändern sich nicht, nur die Frisuren«, sagt Opa. Ich schnipse wie bekloppt und verdrücke eine Träne.

13:32: Lachgeschichten über das Emsland und Touris. Die Esenser Stammbäume sind längst durchgelästert. Familie Schlömer dabei heute der klare Verlierer.

13:41: Ob ich denn den Sebastian Fitzek persönlich kenne. Na klar, alle, die mal ein Buch geschrieben haben, müssen irgendwann zusammen bouldern.

13:53: Opa drängt schon auf Bescherung. Bitte, Gott, lass irgendwo Loriot laufen!

13:54: Bäm, direkt im Ersten! Rundfunkgebühr gerne erhöhen nächstes Jahr. Hundert Jahre alte Unterhaltung serviert mit einer leichten Buttercremetorte.

14:02: Vier gebissverzerrende Lacher. Das kann nur das Timing von Dicki Hoppenstedt.

14:11: Mirabellenschnaps. Endgegner Nummer 1, viele kommen nie über ihn hinaus.

14:23: »Wem schreibst du denn da die ganze Zeit, du machst doch wohl nicht wieder einen Liveticker?«
»Äääh. Diversen Bitches.«
Smooth gerettet.

14:41: Wirklich **alle** haben Kekse gebacken. Sternzeichen Darmverschluss.

14:44: Zu jedem Gang wird zwischen Ess- und Wohnzimmertisch gewechselt. Es ist eine auf allen Ebenen durchgetaktete Lächerlichkeit.

14:53: Ich »muss« die Marzipantorte probieren. Eine Nation sieht weg.

15:04: Der Krabbenbaum heute übrigens ganz in weiß. Beeindruckend. Ich kann es kaum erwarten, ihn am Krömslömsen-Donnerstag rituell auf die dummen Heuler zu werfen.

15:09: Ich bin schon so dermaßen besoffels. Ich habe gerade versucht, das hier als Sprachnachricht zu machen.

15:21: Opa sagt ein »altes« Gedicht auf, dessen bloße Kenntnis verfassungswidrig sein sollte. Themenübergang Poetry Slam. Es folgen Schlag auf Schlag beisenherzeske Gags über das Format. Eine offensichtlich einstudierte Viertelstunde.

15:27: »Ach, scheiß drauf, wir machen jetzt Bescherung!«

**Match-Zusammenfassung**

Der Modus: Im Uhrzeigersinn wird mit zwei Würfeln gewürfelt, der Älteste (**wichtig**) beginnt. Bei einer 2 gibt es Schnaps nach Wahl (demokratisch), bei einer 5 ein Geschenk (Opa auch, wenn beide Würfel Quersumme 5 ergeben – **wichtig**). Während des Auspackens wird nicht weitergespielt, sondern einander unangenehm angestarrt.

Die Statistik: Es fällt 70 x die 2, bei 16 x 5en.

Dazu: Schnittchen und das musikalisch Anstrengendste aus 60 Jahren Weihnachten.

Ergebnis: Mama hat sechs neue Pullover, Opa hat gewonnen (**wichtig**) und ich bin so betrunken, dass ich mich hinlegen muss. Gibt ja schließlich gleich noch Raclette.

*Weihnachten ist für Autor\*innen so schlimm, weil sie ja nie (eher immer) frei haben. Da findet man sich endlich mal im Kreise seiner Nächsten wieder und kann nur daran denken, welch herzlose Deadline einem für das neueste Buch gegeben worden ist. Wahrscheinlich soll das die Gesellschaft aber auch einfach nur davor bewahren, dass Benjamin von Stuckrad-Barre zur ARD-Christmette vom Kreuz hängt und unsere Sünden wieder neu bewertet.*

# ¡ω!∞#!-Ball

Wir haben einen Kreis gebildet. Es ist eher ein Oval, viele haben ADHS. Die Jungs tragen alle Fußballtrikots mit ihren eigenen Namen hinten drauf, die Mädchen sind ... mir noch vollkommen egal. Wir sind gottverdammte Neunjährige, Sexismus ist noch süß. Herr Kümmelpümmel (Name nicht geändert) riecht schon wieder nach Kaffee, Kippen, Korn und einem Hochschulsystem, dem egal ist, dass Psychopathen an Schulen unterrichten. »Ja, scheiß die Wand an. Ich würd sagen: Ihr wählt Mannschaften. Und ich überleg mir, in welchem Spiel ihr euch gegenseitig erniedrigt.«

Es gibt nichts Heiligeres als die Zeremonie des Wählens einer Sportmannschaft innerhalb eines Klassengefüges. Florian und Schmorian, Zwillinge, bei denen man relativ genau sagen kann, welcher zuerst benannt wurde, sind die Sportlichsten. Sie würden auf Grundlage von Sympathie und Veranlagung entscheiden, wer ihnen fortan Blutsbruder oder Todfeind war. Zuerst werden die anderen Jungs gewählt. Fabienne stößt das sauer auf: »Boah, Jungs sind so doof«, aber Herr Kümmelpümmel ist vorbereitet: »Halt dein Maul, Männer zu diskriminieren, ist kein Feminismus!« Zur Deeskalation wählt Schmorian Fabienne. Wählbar ist jetzt nur noch der Rest. Die Unberührbaren. Noch vor mir gewählt wird Adiposimon. Er hieß überhaupt nicht Simon, aber er schaffte es jeden Tag aufs

Neue, sein eigenes Körpergewicht in Snickers zu essen. Ich bin über.

»Mensch, Waddel, dich würden se nicht mal wählen, wenn du auf der SED-Einheitsliste stündest. Kannst Schiedsrichter sein, hier ist deine Pfeife.« Er reicht mir ein Stück Ingwer und galoppiert gen Horizont.

»Aber, Herr Kümmelpümmel, was spielen wir denn?«

Er dreht sich um, sein Blick verdunkelt sich.

»¿ω?∞#!-Ball.«

Ein kalter Schauer durchfährt unsere Körper. Wir kennen ¿ω?∞#!-Ball. Es ist wie Fangen, nur mit Ball, Tennisschlägern, Würfeln, Hagel, Magnetismus, einem bunten Salatbuffet, zehn Kinderstars, von denen Sie nicht glauben werden, wie sie heute aussehen, einem gestrichenen Teelöffel Essig, Familie Wollny und den harten Matten vom Wagen.

»Ich melde mich freiwillig als Tribut!«, höre ich aus der hinteren Reihe, aber ¿ω?∞#!-Ball ist kein Wunschkonzert. Florian und Schmorian müssen vor Beginn jeweils eine Person aus ihrem Team werfen. Also nicht raus, sondern weit. Eine Fachjury aus der Mitte der Gesellschaft entscheidet, wessen Wurf der emotionalere war. Florian gewinnt nach Berücksichtigung der Streichwertungen, er darf seine Bogenschützen als Erster auf dem Spielfeld platzieren. Die Kreisläufer tanzen *Das Kapital* von Karl Marx in voller Länge – das gibt Gelb und Freistoß für Schmorians Mannschaft. Interessante Freistoßvariante, Nils wird für sein taktisches Foul geschrumpft und fliegt mit den Gänsen davon. Schäfer, nach innen geflankt. Kopfball, abgewehrt! Aus dem Hintergrund müsste Rahn schießen. Rahn schießt und Pascal und Joelle verlieben sich in einander. Aber sie können nicht zusammenbleiben, das gäbe Eckball.

»Weißt du noch, Joelle, unsere Liaison in den Gärten von Versailles? Wir waren unendlich, aber ich kann nicht von dir verlangen, das einzig Gute in meinem Leben zu sein, wenn das bedeutet, dass wir uns entfernen – von einem Field Goal bei ¿ω?∞#!-Ball.«

Als meine Tränen abgekühlt sind, entscheide ich auf Pokémon Rot. Es steht jetzt 5:0. Für beide. In der Minispielrunde besiegt Saskia den Tischtennisweltmeister, sie darf ihre Augenbinde abnehmen. Neun Kinder erliegen beim Brennball dem Flammentod – Kranplätze müssen verdichtet sein. Das Stadion hat sich folgerichtig auf Florians Seite geschlagen: »F-L-O-R-I-A-N: weißer Springer auf A-7!« Adiposimon hat in der Zwischenzeit den goldenen Schnatz gefangen. Wir prügeln ihn windelweich, das dumme Schwein. Sowas macht doch den Sport kaputt. Schmorians Team legt einen Straight Flush hin, ihnen erscheint der Geist der vergangenen Weihnacht: »Passt mal auf, Kinder: Weihnachten früher und Weihnachten heute, zwei unterschiedliche Paar Schuhe. Früher musste man noch seine eigene Mayonnaise mitbringen. Es gab nämlich den lieben langen Tag trockene Sandwiches.«

Florians Team hat es derweil geschafft, die Waffengesetze in Niedersachsen zu lockern, und schießt dem Geist der vergangenen Weihnacht eine gehörige Ladung Blei in die Fresse. Es bahnt sich gerade eine Rudelbildung an, da sprach der Rabe: Videobeweis. Ich sehe in Zeitlupe, wie die Leuchtfeuer Gondors entzündet wurden, um dem Königreich Rohan bei Tinder zu schreiben: »Hallo Traumfrau. Ist deine Telefonnummer genauso schön wie du?«

Das Königreich Rohan ist nicht wie andere alleinerziehende Mütter, die auf Druck ihrer besten Freundin mit Online-Dating angefangen haben: Rohan wird antworten. Florians Team liegt sich schon triumphierend in den Armen, da wird Joelle eingewechselt. Pascal kann nicht fassen, dass sie schon wieder einen neuen Freund hat. Er heißt Dorian, ist DJ, war mal »ein Semester in Kanada« und hält darüber niemals sein Maul, hat ein Skateboard, das er Longboard nennt, und ein Gemälde, das an seiner Stelle altert. Wie machen Ex-Freundinnen das, dass sie immer einen noch größeren Versager finden?

Sie stellt Pascal und Dorian jetzt einander vor, es ist unangenehm für alle. Die meisten schauen peinlich berührt zu Boden oder führen Alibi-Gespräche: »Hat einer die Mathe-Hausaufgaben? Habt ihr *Squid Game* gesehen? Krass, dass die Serie auf diesem Text basiert, oder?«

Zwanzig Jahre vergehen, die Natur heilt und gewährt Florian einen Wunsch. Unter seinem Turban offenbart er das Gesicht Lord Voldemorts und hüllt die Welt, wie wir sie kennen, in eine tausendjährige Finsternis. Ich pfeife ab, unter heftigen Protesten der gegnerischen Mannschaft. Herr Kümmelpümmel verteilt willkürlich Noten von 1 bis 100. Gut, dass Sport ein Schulfach ist.

*Hatten Sie ein Lieblingsfach in der Schule? Wenn ja, peinlich. Das System Schule zu verinnerlichen, heißt aufzugeben. Wer etwas auf sich hält, macht sein Abitur komplett mittelmäßig, studiert Lehramt, um das System von innen heraus zu zerstören, und wird dann von einer nicht mehr existenten Late Night Show in die Poetry-Slam-Szene geschleust, um zu zeigen, wie lächerlich einfach es ist, die deutschsprachigen Meisterschaften zu gewinnen. Tja, nächstes Jahr dann. Da werden die aber gucken!*

# Wahrheiten

Der kalte Krieg ist nicht spurlos an Lettland vorbeigezogen. Am 3. November 1991 erblicke ich in einem kleinen Hafenort namens Mērsrags als Jānušim Vatjēsŋevs das Licht der Welt. Ein Chor aus Mäusehirten und Kobolden singt zu Ehren meiner Geburt die lettische Nationalhymne. Bitte erheben Sie sich für eine lose Übersetzung unserer Hymne (Melodie entspricht *Grün, grün, grün sind alle meine Kleider*):

»Arbeit, Ostsee, Kühe, Schweine, Nachtisch,
auf viel mehr können wir uns aktuell noch nicht festlegen,
Lettland, oh, Lettland,
ich bleib erst mal hier und guck dann«

Ich bin ein aufgewecktes Kind, habe den Ehrgeiz meines Vaters und die Augen meiner Mutter – bekommen. In einer sehr unnötigen Operation. Jeden Tag legen wir 300 Kilometer Fußweg zurück. Zum Markt in unserer Hauptstadt Lettland (Stadt). Papá sagt, wir sind einfache Leute. Wir müssen essen. Wir seien nicht wie das reiche Unkraut da oben, das Licht, Wasser und $CO_2$ in Sauerstoff und Glukose umwandeln kann.

Ich erinnere mich an meine kindliche Faszination für Lettlands (Stadt) üppigen Marktplatz. Hier gab es alles, was das Herz begehrt: Metalle, Eier, Marktstände, Marktleute.

Einmal, da schoss Papá günstig einen ganzen Eierkarton mit zwei unbeschädigten Eiern für nur neun lettische Pokédollar. Er beugte sich zu mir vor und gab mir eines der beiden.

Er sagte: »Jānušim, fang einem Mann ein Ei und er wird satt sein für einen Tag. Aber fang einem Mann ein Huhn und er wird einen Partner haben fürs Leben, in guten wie in schlechten Zeiten!«

Ich schaute Papá mit offenem Mund an. Ich konnte nämlich noch gar kein Deutsch. Und er auch nicht. Aber er fuhr unbeirrt fort:

»Jānušim, ich werde sterben. Irgendwann. Alle sterben, das ist normal. Alles, was wir auf dem Weg dahin mitnehmen, ist unsere ganz eigene Wahrheit. Das habe ich gelernt, als du in der zweiten Klasse im Schultheaterstück *Wer tötete Susu, die Socke?* die Rolle der Wahrheit spielen durftest. Aber du bist anders. Du, Jānušim, kannst *sehen*. Du hast nämlich vier Augen, was deine Mamá sehr bereut. Pass gut auf sie auf.«

Mein Vater ging. Er würde noch am selben Tag durchbrennen. Mit einem Huhn.

Ich biss in das Ei, das er mir gegeben hatte, und wusste, dass ich handeln musste. Also packte ich meine fünfköpfige Familie – wir waren nur zu dritt, aber mein Bruder Prypjat ist wie die Beckham Kinder nach seinem Zeugungsort benannt worden. Wir versteckten uns auf einem Dampfer, der uns in die Freiheit bringen sollte. Zum Big Apple. Die Stadt der Liebe. Where dreams come true: Rheinland-Pfalz.

Meine blinde Mutter und mein dreiköpfiger Bruder froren, weshalb ich sie mit mehreren 500-Euro-Scheinen zudeckte. Nur weil wir aus Lettland kommen, heißt das ja nicht, dass wir arm sind. Prüfen Sie mal Ihre Ressentiments!

»Danke, Jānušim«, sagte Prypjats rechter Kopf, der ein riesiges Arschloch ist.

Verstehen Sie mich nicht falsch, der ist nett, aber seine Körperfunktion ist eine andere. Der menschliche Organismus ist nicht ausgelegt für mehr als zwei Köpfe.

»Wenn du Astronaut bist, Jānušim,« sprach das Arschloch weiter, »ist nicht wichtig, ob du wirklich auf dem Mond landest. Es ist nur wichtig, dass du der Erste auf dem Mond bist. Das habe ich gelernt, als du in der zweiten Klasse im Schultheaterstück *Wer tötete Susu, die Socke?* die Rolle der Wahrheit spielen durftest.«

In Deutschland angekommen, werden wir behandelt wie Letten. »Ah, Lettland, schöne Natur. Aber hier ist es auch schön in Pirmasens!« Die Deutschen brauchen nicht viel, um das Gefühl zu haben, die Nummer eins in Europa zu sein. Spargel, Heckler & Koch, ein Tor von Oliver Neuville in der WM-Gruppenphase. Aber nichts ist den Deutschen so wichtig wie die Wahrheit. Man kann ihnen die feinsten Hitler-Tagebücher vermitteln, aber die große Story ist, dass die in Wahrheit gar nicht Hitler geschrieben hat. Zu Guttenberg, ein sympathischer Adliger, kämpft sich mit Stammtischparolen in die Spitzenpolitik, aber die Deutschen interessiert nur, dass seine Doktorarbeit in Wahrheit Hitler geschrieben hat.

Deutsche sind so fixiert auf die Wahrheit, dass sie ihre fürchterliche Kultur nicht mehr genießen können. Wer kann die ekelhafte Musik der *Söhne Mannheims* noch feiern, ohne sich zu ärgern, dass Kleinkinder gerade von einem Militärring lebendig gehäutet werden? Machen Sie doch einfach neue, wenn Sie sich lieben. Deutsche können nicht mal Attila Hildmanns Rezept für vergorene Ananas genießen, ohne bittere Tränen darüber zu vergießen, dass Deutschland eine besetzte GmbH ist. Lettland ist nicht mal ein Kleinunternehmen, wir wären froh.

Als Hildmann gerade tausende Handynummern aus seiner Telegram-Gruppe an den Deep State verkauft hatte, kamen wir ins Gespräch. Er sagte zu mir: »Jānušim, ich

mache mir Sorgen. Wenn jede Pizza auch als Calzone er-
hältlich ist, dann ist Calzone für mich gar nichts Beson-
deres mehr. Das habe ich gelernt, als du in der zweiten
Klasse im Schultheaterstück *Wer tötete Susu, die Socke?* die
Rolle der Wahrheit spielen durftest.«

Geläutert schaue ich in seine Telegram-Gruppe und er-
kenne die Telefonnummer meines Vaters. Sein Profilbild
zeigt ihn und das Huhn. Sie sehen glücklich aus. Sein Sta-
tus ist mein Monolog aus dem Schultheater in der zweiten Klasse:

Ich bin die Wahrheit
Anstelle von Klarheit
Bring ich nur Varianten
Streit zwischen Verwandten
Hass auf die Medien
Vertuschen von Aliens
Denn wenn's nach euch geht
Werden alle auf eure Wahrheit genordet
Und auch wenn ihr's nicht einseht:
Ihr alle. Habt Susu die Socke ermordet.

*Schade, wir hatten uns alle schon auf 15 weitere Bücher über Ostfriesland
gefreut. Aber jetzt ist die Katze zurück im Sack: Jann Wattjes ist nicht nur
Lettlands lebendster Schriftsteller, er ist aus Personalmangel auch in acht
Sportarten Nationalspieler.*

# Kabale und Liebe auf dem Playmobil-Piratenschiff

## AKT 1

Inmitten einer sich füllenden Badewanne, zwischen der zweiten und dritten Speckrille meines Piccolini-Bauches, thront das schwer gebrauchsgeschädigte Piratenschiff, die Black Börk (ich konnte da noch so nicht gut Englisch). Die Black Börk zieren eine Geburtstagskerze von TEDI als Galionsfigur, mehrere Graffiti von diesem coolen S, das man auch immer auf seine Federmappen gemalt hat, und Reste von Schokobons – wer ohne Proviant in der Badewanne spielt, geht auch ohne LSD in den Haustierpark.

Anwesend sind die Playmobil-Figuren: Kapitän Bukkake (Japanisch konnte ich natürlich auch noch nicht), der allwissende Warlord mit einem Doktortitel in klassischer Philologie. Sein erster Maat ist Schawobelhobel-Klaus, der eine Sekunde in die Zukunft sehen kann. (Ich wusste nicht so wirklich, was ein Maat macht.) Der zweite Maat Schpöm. Zweiter Maat ist schon nicht mehr so gut. Es geht ihm auch nicht so gut. Er hat die Fresse voll Skorbut, beide Beine verloren, aber nur ein Holzbein, und seine Claudia hat ihm vor kurzem offenbart, sie hätten sich emotional auseinandergelebt. Ich weiß nicht, wer das gerade hören muss, aber wahre Liebe ist wie die Geburtstagskerze von TEDI. Immer wieder neu entflammbar.

Außerdem an Bord für sein Pflichtpraktikum: Action Man. Denn ich bin nicht wie diese puristischen Arschloch-Kinder, die meinen, man dürfe Spielzeuguniversen nicht miteinander vermischen. Das sind die gleichen, die sich als Erwachsene dann eine Reichsflagge auf die Zunge tätowieren und behaupten, sie seien nur einfach für »Meinungsfreiheit«.

Wie immer am frühen Abend sucht die Besatzung Beistand bei ihrem Kapitän: »Bukkake! Bukkake!«

Kapitän Bukkake stürmt aus der Kombüse mit zwei Laserschwertern bewaffnet (ganz ehrlich, wer hat die Zeit, die immer wieder den Figuren abzunehmen, gerade in der Badewanne gehen die dann superleicht verloren).

»Was ist denn das hier schon wieder für eine Dissektion?«

(Ich kannte damals auch Fremdwörter noch nicht so gut). Der Reihe nach suchten die Piraten seinen Rat:

»Kapitän, Kapitän, wir brauchen dein unerschöpflich Weisheit! Warum singen die Barden allerlei Lieder über die Liebe, aber nur ein einzig Lied handelt davon, dass wir die Coolsten sind, wenn wir cruisen, wenn wir durch die City düsen?« Schawobelhobel-Klaus Herz war mit Unruhe erfüllt, aber nie hatte es auf der Black Börk ein Problem gegeben, was sich nicht von Bukkake lösen ließ: »Keine Ahnung, ist mir doch egal.«

Sehr weise, um nicht zu sagen salomonisch.

»Bukkake!«, ruft Action Man. »Sie wollen uns den kompletten Schiffsumfang berechnen, die Hurensöhne von der GEZ!«

Eiskalt durchfährt es die gesamte Mannschaft. Kurzerhand entscheidet man, Action Man am Wasserhahn zu waterboarden. An Bord der Black Börk ist nämlich kein Platz für sexistische Sprache.

## AKT 2

In kaltblütiger Bereitschaft platzieren die Piraten Action Man auf der Planke. Doch was niemand ahnte – Action Man war die ganze Zeit in Wirklichkeit: Action Verfassungsschützer!

Inmitten ihres Konflikts wird die Black Börk in eine milchige Dunkelheit, einen Quell innerer Leere gehüllt: »Sind das – Playmobil-Gott, stehe uns bei ... Das sind Lego-Männchen!« Die hatten nun wirklich nichts auf dem Playmobil-Piratenschiff verloren. Lego-Männchen! Sieben an der Zahl, für jede Todsünde einer: Hochmut, Habgier, Neid, Brokkoli, Zähne putzen, Realfilm-Fernsehen und Hausaufgaben.

Die Lego-Männchen machen mächtig Ärger, aber Schawobelhobel-Klaus hat in einer Sekunde die Zukunft vorhergesehen, wie Action Man im Kugelhagel stirbt, und wirft sich dazwischen. Verblutend gesteht er: »Ich habe dich immer geliebt, Actionathan Man. Du bist alles, was ich will, weil du alles bist, was ich nicht bin.«

## AKT 3

Der Playmobilcrew kann jetzt nur noch höhere Gewalt helfen. Auftritt: Minka. Minka versucht manchmal, mein Badewannenwasser zu trinken, weil sie ein richtig verzogenes kleines Katzenmädchen ist. Minka, geh da weg!

»Prrmiau.«

Ja, meinetwegen bin ich nur ein fetter Junge, der in seiner Badewanne Playmobil spielt, aber willst du wirklich das Viech sein, das dessen Badewasser trinkt?!

»Prrmiau.«

So reden wir in diesem Haus nicht miteinander.

»Miau.«

Ich bleibe hart. Eigentlich will ich nicht, dass solche Situationen uns entzweien. Meine Katze ist das einzige Lebewesen, das mir wirklich etwas bedeutet. Lea steht auf und trocknet sich ab.

Man stellt sich mit dem Partner baden auch echt immer viel geiler vor, als es am Ende ist.

»Wohin gehst du?«, fragt Action Man.

»Jann, glaubst du wirklich, dass ich mir das so vorgestellt habe? Ich sag dir, wir haben uns emotional auseinandergelebt, und das ist alles, was dir einfällt?«

## AKT 4

Das Wasser ist schon wieder kalt. Ich muss entweder warmes nachlaufen lassen oder raus. Beides fühlt sich falsch an.

»Waren wir am Ende doch weniger als die Summe unserer Einzelteile?«, Schpöms Worte ersticken den Moment der Hoffnung, die den Raum eine Sekunde vor der Gegenwart erfüllt hatte.

Die Männchen stehen am Badezimmerfenster und rauchen. Was sie geraucht haben? Offene Tierarztrechnungen, gelöschte Verläufe mit Kurzbekanntschaften, abgebrochene Netflix-Serien, eine Pizza für heute und eine für morgen, weil man sonst nicht auf den Mindestbestellwert kommt, nie zurückgerufene Familienmitglieder, Applaus, bei dem man überhaupt nichts empfindet. Die Black Börk kreist weiter, ohne Halt, ohne Ziel, aber von weitem funktional.

*Hier im Bug des Playmobil-Piratenschiffs passierte heute nicht nur nicht nichts, sondern alles ...,* dachte Action Man.

*Manche interessiert beim Lesen gesammelter Werke ja, welche Texte der\*die Autor\*in am liebsten mag. Hier sind es selbstverständlich alle, in denen Minka vorkommt.*

# Kurzgeschichten

# Rhoscolyn

»I want to see Wales.«

Auch im Schlaf murmelt der alte Sunil immer wieder denselben verheißungsvollen Satz, der ihn und Gerrit auf diese 13-stündige Odyssee entsandt hat. Mit dem Eurotunnel und der wirklich unfreundlichen belgischen Politie hofft Gerrit allerdings, das Schlimmste jetzt hinter sich zu haben. Unvorstellbar für ihn, wie die Menschen in seinem Umfeld immer so viel und gern verreisen. Fairerweise sind La Gomera, New York und Bali vielleicht aber auch andere Kategorien als Wallonien oder Nordfrankreich. In Paris wäre er fast schon einmal auf Klassenfahrt gewesen, hätte ein plötzlicher Anflug der Grippe ihn nicht in Georgsmarienhütte festgehalten.

Der alte Sunil hat nicht mal von Wallonien oder Nordfrankreich etwas sehen können. Quasi mit dem Anschnallen ist er in unbequem aussehender Position eingenickt. Gerrit könnte selbst eine Pause vertragen, hat sich aber fest vorgenommen, seine Begleitung erst sicher im Hennessey Guest House abzuliefern und seinen Zwangsurlaub dann genüsslich zu verschlafen.

Sunil wird sterben. Niemand weiß genau, woran und wann, aber dass es auf das Ende zugehe, hat er Angelika aus dem Erdgeschoss nach seinem Schwächeanfall im Treppenhaus anvertraut. Über diesen alten Mann aus dem

Dachgeschoss war bis dahin (und ist auch seitdem) nicht viel bekannt. Er spricht gebrochen Deutsch und auch Englisch nur mit so starkem indischen Akzent, dass es die Sprachbarriere im Haus nur unzureichend überquert. Angeblich ist Sunil deshalb nicht Teil der wohnhauseigenen WhatsApp-Gruppe *E. K.-Straße 19*, in der Angelika einen bildschirmlangen Appell verfasste, dem Eigenbrötler und vermeintlichen Witwer doch bitte seinen letzten Wunsch, Wales zu sehen, zu erfüllen.

Sunils gesamte Familie, so Angelikas und Herrn Hilchenbachs Theorie, war vor Jahren bei dem Mittelbrand von *Indische Spezialitäten Namaste* ums Leben gekommen. Mila, langjährige Studentin der Kunstgeschichte aus dem zweiten Stock, fantasierte obendrauf, dass Sunil die Tragödie nur versäumt hatte, da er gerade komplett orientierungslos bei einer Essenslieferung in die Vororte unterwegs gewesen war, und nun von der Versicherungssumme ein tristes Restleben aus Gram und Einsamkeit improvisiert.

»wenn er wales sehen will muss da halt jemand mit ihm hin ende aus«, fasste Herr Hilchenbach die aufgekommene Dynamik im Chat der *E. K.-Straße 19* mit einem schlichten Fazit zusammen. Gerrit ahnte schon einige Nachrichten zuvor, dass niemand anderem im Haus ein eigenes Auto beziehungsweise in der Außenwahrnehmung so viel Freizeit zur Verfügung stünde wie ihm.

Während des Tankens beobachtet Gerrit den alten Sunil beim Schlafen. Immer wieder setzt sein Schnarchen aus für ein besorgniserregendes Schnappen nach Luft. Im Vergleich zu dem beißenden Gestank von Krankheit empfindet Gerrit den Benzingeruch als eine absolute Wohltat. Ein Gedanke, für den sich Gerrit unmittelbar schämt, als er Schweißperlen über Sunils Altersflecken rinnen sieht. Als alt hat Gerrit ihn seit mittlerweile sechs Jahren abgespeichert, aber wie alt er wirklich sein mag? Mitte siebzig? Womöglich ist er sogar schon Anfang achtzig. Der Unfall bei *Indische Spezialitäten Namaste* passierte jedenfalls lange vor Gerrits Einzug in die Kellerwohnung.

Gott, wenn er an dieses Mehrparteienhaus denkt! Der Trip nach Wales ist eigentlich genau, was er gebraucht hat, um das Fass zum Überlaufen zu bringen. Er kann sich schon länger eine viel bessere Wohnung in einer viel besseren Gegend leisten. Für einen in Europa nicht namenlosen Gaming-Konzern designt und editiert er ein deutsches Handyspiel, das jüngst wegen seiner In-App-Käufe in die Kritik geraten ist. Aber Gerrit kann da niemand was anhängen. Sein Name steht nirgends und überhaupt ist es doch nicht seine Schuld, dass Leute so viel Geld für ein Spiel ausgeben! Selbstverständlich würde er viel lieber irgendwann seine eigenen Spiele entwickeln. Online-Rollenspiele, vielleicht auch Shooter. Vorstellen kann er sich da vieles. Irgendetwas eben, wofür die Leute im Endeffekt gerne ihr Geld ausgegeben haben.

Erst als er vollgetankt hat, merkt Gerrit, dass die verlockenden Benzinpreise nicht in Euro, sondern Pfund angegeben sind. Wankers. Englisch beherrscht er ganz gut, braucht er ja im Job auch immer wieder. Aber mit dem Tankstellenarbeiter spricht er ganz bestimmt nur das Nötigste, vielleicht kurz »thought those were Euro prizes«, und dann lacht man oder wird womöglich noch gefragt, wo man denn herkomme, aber Deutsche sind bekanntlich nirgendwo anders sonderlich beliebt. Nicht, dass er am Ende noch in ein Gespräch über Politik oder Sport verwickelt wird. Gerrit lässt es und bezahlt still.

Bevor er weiterfährt, checkt er auf seinem Smartphone Uhrzeit und Nachrichten. Komisch eigentlich, dass er andauernd diese ganzen Social-Media-Apps aktualisiert, dann aber doch total überfordert ist, sobald eine Nachricht kommt.

Der Einbruch der Dunkelheit nimmt Gerrit die Entscheidung ab, Sunil an der walisischen Grenze zu wecken. Zu erkennen ist hier überhaupt nichts. Zwei Stunden wären es laut Navi noch bis Rhoscolyn, ein beschauliches Dörfchen unweit der Küste, welches Angelika aus dem Erdgeschoss bei Google ausgesucht hat. Für eine Übernachtung der beiden im örtlichen Hennessey Guest House schmiss die Hausgemeinschaft zusammen, für den Sprit nicht.

Wales sieht unspektakulär aus – zumindest im Dunkeln. London hätte Gerrit ja gerne mal gesehen, aber die M25 muss sie ja exakt drum herum führen. Wales, das könnte hier genauso gut Nordhessen oder noch immer Wallonien sein, das würde der alte Sunil nicht mal bei Tag erkennen. Besagter träumt so intensiv, dass er wach und gereizt wirkt: »I just want to see Wales one more time, that's all.«

Ist ja gut. Im Scheinwerferlicht erkennt Gerrit nun schon das zweite Schild mit der Aufschrift »Croeso i Gymru – Welcome to Wales«. Gerrits Renault Clio, den er ansonsten maximal von Osnabrück zu seinen Eltern nach Georgsmarienhütte fährt, wird die ruckelige, unbefestigte Strecke wohl ungefähr zwei gute Autojahre kosten. Racing Clio nennt er den Wagen immer ironisch und bringt sich mit dem Gedanken selbst zum Grinsen. Er hat sich bislang verkniffen, eine seiner gebrannten Mixtape CDs zu präsentieren. Einerseits weil Sunil wohl jede Minute Ruhe gebrauchen kann, andererseits weil er doch sehr empfindlich mit seinem Musikgeschmack ist.

»You're a good person, Jared.«

Die Straße muss Sunil wachgerüttelt haben, Gerrit kann nur verlegen schweigen. Beide, fällt Gerrit auf, haben bis dahin nicht ein Wort miteinander gewechselt, in einer stillen Übereinkunft, sich ihrem jeweiligen Schicksal zu beugen. Sunil stöhnt und presst seine verschränkten Arme eng an den Oberkörper, so als sei ihm kalt, obwohl er dick angezogen ist und die Heizung läuft.

»Sie haben Ihr Ziel erreicht«, tönt das Navigationsgerät nach Gerrits Empfinden leicht süffisant.

Das Hennessey Guest House ist in allen Belangen schlicht gehalten und erscheint auch dem ungeschulten Auge einer losen philanthropischen Zweckgemeinschaft absolut bezahlbar. Sunil quält sich aus dem tiefen Wagen, während Gerrit versucht, die Klingel zu betätigen, ohne dass sie in sich zusammenfällt.

Ein zotteliger, unförmiger Mann, in etwa so breit wie hoch, öffnet die laute Haustür mit einem stolzen Schwung und streckt Gerrit die Hand entgegen: »Mister Ghosh and Mister Muller, I assume?«

Mjuller. Gerrit gefällt die Aussprache gar nicht, dabei fand er es als Kind immer total witzig, wenn die amerikanischen Weltstars bei *Wetten, dass ...?* etwas auf Deutsch sagen mussten.

»Yes«, entgegnet Gerrit immer noch im zu festen Händedruck des Gastgebers.

»You can call me Trevor, welcome to Rhoscolyn!«

Trevors wahrscheinlich korrekte Aussprache des Ortsnamens hätte Gerrit in hundert Anläufen nicht erraten.

»Äh ... Call me Gerrit.«

»Gareth?! That's a splendid name for coming to Wales! Do you happen to know our Lord and Master Gareth Bale?«

Trevor lacht erwartungsvoll, aber Gerrit kann nur ahnungslos den Kopf schütteln, mit Popmusik hat er es nicht so.

»Na, make yourselves at home. There's tea and beer, I suppose you had quite a journey?«

Alles ehrfürchtig musternd folgt Sunil Gerrit in das mindestens heruntergekommene Gebäude, dankt Trevor überschwänglich für den Schlüssel zu seinem Zimmer und verschwindet in dieses. Gerrits Zimmer in der ersten Etage ist winzig und hat einen überdimensionalen Fettfleck an der Wand. Man hat nicht mal versucht, ihn zu verdecken, obwohl überall viel Anglerdekoration hängt. Es gibt kein WLAN und auf dem Nachtschrank liegt unter zwei Hustenbonbons eine englische Übersetzung der Bibel. Gerrit ist erschöpft, aber hellwach. Angelika hatte heute morgen eine volle Thermoskanne Kaffee für ihn und eine mit Tee für Sunil bereitgestellt, bevor sie die beiden kurz angebunden verabschiedete.

Tee, denkt Gerrit, darauf sind sie ja besonders versessen, die Brit*innen. Möglich, dass es auch besonders gute Biere gibt in Wales. Aber davon hat er nun wirklich noch nie gehört. In einem überraschenden Anflug von FOMO – ein Akronym für Fear of missing out, das hat er von einer auf Instagram gelernt – betritt Gerrit die knarzende Treppe. Aus dem Speisesaal tönt poppige, aber offensichtlich ältere Musik.

Trevor muss ihn auf der Treppe gehört haben: »Ha! You did strike me as a beer person, Gareth Muller!«

Hinter einem sehr niedrigen Tresen, vor den statt Barhockern normale Stühle aufgestellt sind, spült Trevor ein Bierglas.

»Yeah, one cannot harm«, lügt Gerrit, der ja normalerweise kaum Alkohol trinkt, und ärgert sich danach über das sperrige Englisch.

Auf dem tiefen Stuhl kommt er sich albern vor, aber das umgehend kredenzte Bier sieht richtig gut aus in dem Glas mit der seltsamen Wölbung.

»Lechyd da!«, singt Trevor geradezu, so bewusst betont er es, und ergänzt: »That's Welsh for cheers.«

»Prost«, sagt Gerrit und nippt so vorsichtig, dass er nur Schaum erwischt, »that's what we say in Germany.«

»Haven't you been to Germany once, Kayleigh?«

Mit seinem Blick folgt Gerrit dem von Trevor und bemerkt erst jetzt, dass sich noch eine dritte Person im Raum befindet. Am Fenster sitzt eine etwa Gleichaltrige mit knallorange gefärbten, lockigen Haaren an einem bunt beklebten MacBook. Sie wirkt genervt.

»Nope. Prague, Czech Republic. Twice«, antwortet sie beinahe mechanisch.

Trevor lehnt sich zu Gerrit und flüstert bewusst laut: »She's got her eyes glued to the computer in a complex surgery, when she was twelve.«

»Dad, I'm studying«, sie rollt mit den Augen, seufzt einmal tief, klappt den Laptop zu und richtet den Blick auf Gerrit, der ertappt wieder zu Trevor aufschaut.

Gerrit zählt in Gedanken ihre Schritte und sieht nach acht, wie sich ihre Hand in seinen Augenwinkel streckt: »Hi, I'm Kayleigh. I'm not going to sit on these ridiculous bar chairs. You can come sit at the table with me if you want.«

Gerrit verpasst die Chance, ihr die Hand zu geben: »I'm Gerrit. Nice to meet you.«

Er hat Glück, als ihm das Bier im Aufstehen nur fast aus der Hand rutscht, und folgt ihr an einen runden, gedeckten Tisch. In der Realität mit gleichaltrigen, geschweige denn fremden Frauen zu reden, kostet Gerrit normalerweise viel Überwindung, weswegen er zögert, sich Kayleigh gegenüberzusetzen. Doch Trevor erweist sich als große Hilfe. Er verwickelt die beiden zunächst in Smalltalk darüber, dass Kayleigh in Liverpool Computer Science studiert, und schließlich über das Mysterium, was denn einen jungen und einen alten Mann zusammen in die walisische Provinz verschlägt. Dann irgendwann lässt Trevor vom Gespräch ab, das schon wenig später tief in Programmiersprachen und Internet-Memes versunken ist.

Kayleigh ist toll. Die kleinen Fehler, die Gerrit mit seinem Schulenglisch macht, korrigiert sie nicht, versucht aber, immer genau zu verstehen, was er erzählt. Sie engagiere sich selbst sozial und sei beeindruckt, dass Gerrit sich so um Sunil kümmert. London sei ihr zu »crowded«, nur Camden müsse man unbedingt erlebt haben, aber Gerrit will da ja auch um Himmels willen nicht wohnen, nur gesehen hätte er es gern, wenn er denn schon einmal daran vorbeifährt.

Sie sei glücklich in Liverpool und Gerrit ist gerade glücklich in Rhoscolyn, was er auch beim siebten Versuch ihrer Meinung nach noch nicht perfekt ausgesprochen hat. Er ist offenbar sogar glücklich genug, um gar nicht mehr zu zählen, wie oft Trevor sein Bier schon nachgefüllt hat, und ebenso wenig bemerkt zu haben, dass der alte Sunil sich an den Tresen gesetzt hat. Nur häppchenweise hat Gerrit Ohren für ihr Gespräch, aber Trevor und Sunil scheinen sich gut zu verstehen. Leider, wie Gerrit findet, aber zu ihrer offensichtlichen Belustigung, hat Kayleigh während all der Biere nur Tee getrunken. Sie müsse aber auch morgen schon wieder nach Liverpool fahren.

»Lechyd da!«

Das geht Gerrit inzwischen sehr leicht von den Lippen. Diese Runde trinkt sogar Sunil den eklig süßen Kirschlikör mit. Er ist gut gelaunt und wie ausgewechselt, verglichen mit der belastenden Stimmung während ihrer Autofahrt. Trevor erzählt viel von Rhoscolyn und Holy Island – von den Leuten, der Geschichte, der Landschaft. Gerrit ist überhaupt nicht aufgefallen, dass er sich auf einer Insel abseits der britischen Insel befindet, aber der Kanal, der Holy Island vom Rest Wales trenne, sei auch faszinierend schmal. Generell verkauft Trevor hier einiges als »fascinating«, was Sunil mit gespielt wirkendem Interesse aufsaugt. So, als wäre dessen eigene Faszination für Wales nicht überhaupt erst der Grund für diese illustre Zusammenkunft.

Bemüht frei von seinem indischen Dialekt stimmt er ein Lied an, das Trevor ihm über den Abend beigebracht hat. Gerrit kann beim Chorus auch schon mit einsteigen und singt mit den beiden Herren in den schiefst möglichen Tönen. So viel Spaß hatte er lange nicht. Mit Fremden vermutlich sogar noch nie.

Kayleigh verabschiedet sich ins Bett. Müde sei sie, aber Gerrit hat Angst, dass das verrückte Gelage sie schließlich doch genervt hat. Hatte er irgendwann zwischen Bier sechs und sieben, zwischen Trevors bizarren Theorien zum Premierminister und Kayleighs Beichte, gerne einzelne Songs der ätzenden Band Coldplay zu hören, und dem Video, das sie von seiner Super-Mario-Imitation machte, die Gelegenheit versäumt, sie nach ihrer Handynummer zu fragen? Oder sogar nach einem Date? In Camden? Nach einem Kuss? Nach Küssen fragt man nicht. Aber nach einer gemeinsamen Zukunft in Liverpool ja vielleicht? Wie kann ein Mensch so unbeholfen sein? Idiot, denkt er, aber auf Englisch. Morgen ist ihm das hoffentlich schon egal, aber jetzt gerade spült der Alkohol alle erdenklichen Emotionen aus den sorgsam gegrabenen Löchern.

Wie Gerrit Kayleigh hinterherschaut, bleibt jedenfalls nicht unbemerkt. Sunil hat viel Spott, aber auch einige nicht vollständig verständliche Theorien zu Liebe auf den ersten Blick parat. Ebenfalls sichtlich vom Alkohol angeschlagen, entschuldigt er sich strauchelnd zur Toilette.

Als er außer Hörweite ist, verdüstert sich Trevors Miene: »We have a problem, Gareth Muller.«

Darauf ist Gerrit nicht vorbereitet, aber mit Mühe passt er seinen Gesichtsausdruck an.

»Sunil couldn't care less about Wales.«

Trevors Worte rütteln Gerrit wieder nüchtern. Sunil habe von der herzerwärmenden Aktion der Hausbewohner*innen erzählt. Dass alle zusammengelegt haben, dass Angelika sogar das Frühstücksfernsehen angefragt hatte, welches aber bis heute nicht geantwortet hat. Und eben auch, was ihm »whales« bedeuten.

»You know, the giant aquatic animals?«

Die Umrisse der majestätischen Tiere von einem Strand Sri Lankas aus erkennen zu können, sei für Sunil die liebste Erinnerung, die er noch mit seinem Vater verbinde, den er in jungen Jahren verlor und als Familienoberhaupt ablösen musste. Anstatt wie alle Menschen, die er liebte, auch unerwartet aus dem Leben gerissen zu werden, hatte er sich vorgenommen, seine tödliche Diagnose als Geschenk zu betrachten und seine letzten Tage mit Bedeutung zu füllen.

Gerrit ist speiübel. Nicht zu hundert Prozent vom Alkohol. Aber schon auch.

»Homophone sind doch scheiße«, gluckst er und vergisst dabei fast, dass Trevor das gar nicht verstehen kann.

»I've planned it out, though«, sagt Trevor, angestrahlt vom Licht eines klobigen Steinzeithandys.

Tatsächlich hat Trevor in der Zwischenzeit ganz Rhoscolyn samt der wenigen nicht verfeindeten Nachbardörfer zusammengetrommelt. Außerdem hat er organisiert, dass die Grundschule ihre Verstärkerboxen entbehrt. Eigentlich sei zwar die Aufführung der Musikgruppe geplant gewesen, aber was Kinder performen, sei eh immer »shite«. Von den Boxen könne man über Kayleighs Laptop – welchen sie ihm in einem solchen Notfall schon leihen würde – Walgesänge abspielen, während weitere acht zufällige Waltourist*innen so täten, als sähen sie am frühen Morgen, wenn es noch dunkel ist, Schweinswale in der irischen See. Undenkbar ist das offenbar ohnehin nicht, aber eben auch nicht wahrscheinlicher als beispielsweise in Eckernförde. Für Gerrits dröhnenden Kopf klingt Trevors hanebüchener Plan nach der genialsten Idee seit Menschengedenken.

Sunil lässt auf sich warten, während immer mehr Dorfbewohner*innen ihre Hilfe zusagen.

»Two more!«, heißt es dann zum Beispiel von Trevor, dessen Vorhaben von Detail zu Detail ausgeklügelter erscheint. Freudetrunken erhebt Gerrit das nächste Glas. Oberflächlich betrachtet mag es ein Versuch sein, die eigene Scham zu ertränken. Es hätte nur ein einfaches Gespräch mit Sunil gebraucht, um herauszufinden, dass sein Traum nie eine Reise in die britische Einöde gewesen ist. Eventuell, wenn einfach schon eher jemand dazu bereit gewesen wäre, sich zu erbarmen, hätte er sogar unter weit geringeren Reisestrapazen echte Wale sehen können. Wer weiß, wie viele Geschichten noch in diesem Mann schlummern, der so lange schon einfach nur noch in einer spärlichen Dachgeschosswohnung dahinsiecht. Gerrit weiß ja nicht mal, warum Sunil so krank ist. Keine Ahnung, wie lange und heftig dieser Mann still gelitten haben muss, nur in der fast aussichtslosen Hoffnung auf eine Reise, die dann nicht nur komplett vergeigt worden ist, sondern auch noch jemandem anvertraut, der das alles einfach nur so schnell wie möglich abhaken wollte. So, findet Gerrit, hat er das süße Leben in Liverpool oder London auch gar nicht verdient.

Trevor geht derweil voll auf in der Planung von Sunils Walerlebnis. Dylan von der Feuerwehr werde am frühen Morgen Sandsäcke am Ufer platzieren, die das ungeschulte, geschwächte Auge locker mit Walen verwechseln könne.

Was Gerrit als eine Art Shanty Chor erklärt wurde, würde Sunil nach dem großen Ausflug dann im Dorf empfangen, wo Erzieherin Lowri mit seinem Leibgericht Hähnchen Tikka Masala aufwarten soll.

»It was an honest mistake, you'll laugh about it someday«, Trevor klopft Gerrit aufheiternd auf die Schulter. Viel wichtiger ist jedoch, dass Gerrit morgen früh auf den Beinen ist und bei der Umsetzung von Trevors Plänen helfen kann. Das ist seinem Körper gegenüber aber gerade kaum darstellbar. Er sollte jetzt wirklich aufstehen und sich in das schmale Bett in seinem Zimmer legen, aber bei jedem Versuch, sich zu erheben, dreht es sich um und in ihm noch heftiger. Trevor bietet an, ihn zu stützen, aber es muss jetzt viel schneller gehen. Der Geschmack ist schon da. Gerrit ist mittlerweile doch ganz froh, dass Kayleigh diesen Abgang verpasst. Er drückt die Klinke zur Toilette hinunter, aber es tut sich nichts. Gerrit drückt seinen Körper gegen die Holztür und überprüft noch einmal die Aufschrift, die ganz klar »TOILET« verrät, aber es ist zu spät. Ihm fällt nichts Besseres ein, als den Kragen seines guten Zip-Hoodies über den Mund zu ziehen und den kompletten Schwall sein daruntergezogenes T-Shirt herabrinnen zu lassen.

...

Es vergehen einige Momente, bis Gerrit versteht, wo er sich befindet. Wie lange es wohl her sein mag, dass er mal nicht gegenüber seines ergonomischen Bürostuhls und überdimensionalen Computers aufgewacht ist? Irgendwie traurig, aber das ist dieser ganze Fischereibedarf an den Wänden auf jeden Fall auch.

Sein Kopf tut wahnsinnig weh, aber Tabletten hat er keine mitgenommen. Nur um seine Zunge vom ekligen Geschmack zu befreien, stopft er sich beide Hustenbonbons vom Nachtschrank in den Mund. Sie schmecken alt. Auch sein Körper fühlt sich ranzig an, er hat Socken und Hose angelassen, aber offensichtlich oberkörperfrei geschlafen. Er wird gleich mal beim alten Sunil klopfen, der hat garantiert etwas gegen die Kopfschmerzen.

Ihn durchfährt ein kurzer Schock, plötzlich ist er hellwach. Gerrit kramt nach seinem Handy, aber der Akku ist leer. Sein Ladekabel hat er aber auf jeden Fall mit ins Zimmer genommen, das weiß er noch. Geistesgegenwärtig zieht er alle Schubladen auf, aber die sind nur gefüllt mit Flyern aus allen möglichen Jahrzehnten. Ein konzentrierter Kontrollblick durch das Zimmer – und da ragt es unter der Bettdecke hervor. Im Rausch muss sich Gerrit einfach zu seinem Kabel ins Bett gelegt haben. Aber das alles, denkt er, wäre ihm egal, hätte er bloß nicht Sunils großen Moment verpasst. Der Blick auf die Handyuhr wird es zeigen. Gerrit steckt das kleine Kabelende in sein Smartphone und das andere – passt nicht. Nicht nur, dass die Brit*innen auf der falschen Straßenseite fahren und mit dem falschen Geld bezahlen, nein, sie brauchten offenbar auch unbedingt noch falsche Steckdosen.

Peinlich berührt zieht er sein Abi-Shirt mit der Aufschrift »Abi 2014 – vom Hugo zum Boss« über, das ja wirklich nur als Schlafshirt gedacht war, und stößt die Zimmertür auf. Der Schlüssel steckt noch von außen. Er rennt die Treppe herab zur Rezeption, wo Trevor gerade ein Telefongespräch beendet.

»Wie sp… How late is it?!«, fragt Gerrit und beruhigt sich dann. Er merkt erst jetzt, dass es, weil es so hell ist, auch einfach noch früh morgens sein könnte.

»Err, 2 pm, I guess.«

Gerrit muss kurz überlegen, dann haut er sich die flache Hand auf die Stirn.

»Did it work? What did Sunil say?«

»Why don't you sit down? Coffee?«

»No, I really just want to know. We'll have to leave soon then.«

Trevor führt Gerrit wortlos an denselben Tisch, an dem er gestern mit Kayleigh gesessen hat. Aus einer vorbereiteten Kanne gießt Trevor Kaffee in die Tasse vor Gerrit und setzt sich zu ihm.

»Mister Ghosh passed away last night«, er versucht aus Gerrits Gesicht zu lesen, ob er ihn versteht, »Sunil is dead.«

Seine Kopfschmerzen sind mit einem Mal geheilt. Gerrit kann laut seinen eigenen Herzschlag hören. Trevor habe schon die deutschen Behörden kontaktiert und nichts spräche gegen eine Feuerbestattung in Wales. Das sei im Hinduismus so üblich, habe er nachschlagen müssen. Auch das Verstreuen der Asche im Meer übernehme Trevor, hätte Gerrit keine bessere Idee. Hat er nicht. Maßlos überfordert nippt Gerrit an seinem Kaffee.

»Kayleigh took care of your laundry, though«, Trevors Aufheiterungsversuche schaffen es nur, Gerrits Unruhe mit Schamesröte zu sprenkeln.

»She left for Liverpool just a few minutes ago, said she could use the distraction.«

Wirklich nichts ist gut an dieser nie beabsichtigten Reise, denkt Gerrit. Trevor holt aus einem Nebenraum seinen Hoodie und sein T-Shirt. Sie riechen stark nach Weichspüler.

»Thanks«, sagt Gerrit und kann dem schrulligen Mann eigentlich gar nicht genug danken.

Was diese Type alles zum Abschied von einem Fremden orchestriert hat und in was für eine tragische, schlaflose Nacht er letztendlich geraten sein muss.

Gerrit beschließt, noch ein wenig zu bleiben, Trevors Hausmittel gegen Kater – Hackbällchen mit Senf – funktioniert überhaupt nicht. Er erzählt von St Gwenfaen's Church mit dem schönen Friedhof, und ärgert sich, Sunil nicht noch von der anglikanischen Kirche überzeugt zu haben. Ob Sunil überhaupt gläubig gewesen ist, weiß Gerrit nicht mit Sicherheit. Gerrit weiß überhaupt nichts über Sunil mit Sicherheit. Nicht mal nach seiner gemutmaßten Familientragödie hat er ihn fragen können. Alles, was Gerrit sicher über Sunil weiß, ist, dass er keine Wale mehr gesehen hat.

Mit schwerem Care-Paket und Anekdoten beladen, aber nicht besonders fit für die Fahrt, verabschiedet sich Gerrit schließlich.

»Won't forget you, Gareth Muller!«, sagt Trevor beim heute schon angenehmeren Händedruck.

»Me neither«, ist alles, was Gerrit einfällt.

»Well, I should hope so!«

Mit einem komischen Gefühl setzt sich Gerrit ans Steuer des Racing Clios, der jetzt lange in der Mittagssonne gestanden hat. Einerseits kann er nicht erwarten, sein Handy zu laden und seinen Eltern endlich mal etwas zu erzählen zu haben. Andererseits ist er froh, an den Linksverkehr gedacht zu haben und richtig auszuparken. Er tippt auf seinem Navi herum. Unter gespeicherten Adressen gibt es nur die Wohnung in Osnabrück und sein Elternhaus in Georgsmarienhütte. Fucking Georgsmarienhütte, denkt er. Später würde er auf jeden Fall auch Rhoscolyn einspeichern. Einfach so. In seinem Kopf kann er es jetzt sogar schon richtig aussprechen.

Während die Route berechnet wird, kurbelt Gerrit seine Fenster herunter. Fünf Stunden und neun Minuten. Er atmet einmal tief durch und schnallt sich an. Aus der Ferne kann er hören, dass irgendwo jemand Walgesänge abspielt. Fünf Stunden und neun Minuten bis Camden Market. Er, der sich früher für Klassenfahrten hat krankschreiben lassen, in London. Einfach so!

Ihn könne jetzt ganz und gar nichts mehr schocken, denkt er sich. Er hat ja sogar schon Wales gesehen.

# Die Million

Der dürre Mann am Fenster hustet Blut. Ich muss hier dringend raus, aber mit Attest. Der Geburtstag von Chef 2, Wolfgang, wird nämlich die gewohnte soziale Farce werden. »Nee, genau, ich hab mich bei Steffis Geschenk mitbeteiligt ... Das ist echt nicht zu glauben, dass ausgerechnet du immer so schlechte Erfahrungen mit Männern machst, Lena ... Ich bin nicht Single, ist ja nur 'ne Auszeit gerade«, sehe ich mich schon stammeln.

Nein, danke. Jetzt ein bisschen die Neurodermitis spielen lassen und statt dieser unangenehmen Gespräche winkt eine Woche Vormittagsfernsehen und Online-Schach.

»Herr Weber, bitte in Behandlungszimmer 1«, der Bluthuster folgt mit ungläubigem Blick der schlecht gelaunten Arzthelferin.

Jetzt nur noch das kahle Kind aus der Spielecke mit seiner strickenden Mutter und ich säße endlich Frau Doktor Heisemann gegenüber. Knapper Smalltalk über irgendein Tagesschau-Thema, einmal kurz auf die geröteten Handgelenke geschaut, Diagnose: Stress. Lösung: Urlaub. Ich kratze noch einmal intensiv über den Ausschlag, damit er möglichst bedrohlich aussieht.

»Guck mal, Mama, ich hab einen Igel gebastelt.«

»Mhm«, die Mutter schaut nicht mal auf, kann sich aber wahrscheinlich schon denken, dass der sinnlose Bauklotz-Haufen in den Händen ihres Kindes keinem realen Lebewesen und auf gar keinen Fall einem Igel ähnelt.

»Moin«, eine ungefähr 80-Jährige mit dürftig gefärbten Haaren betritt das Wartezimmer humpelnd.

Die strickende Frau erbarmt sich nicht, aber mir rutscht eine genuschelte Begrüßung raus. Ich bemerke, wie sie mich mustert, vermeide aber Augenkontakt. Eine andere Arzthelferin öffnet die Tür. Im Vergleich zur ersten ist ihre Laune gut: »Carla, bitte. Oh, hast du einen Igel gebaut? Kommst du mir einmal hinterher?«

Carla schickt sich nicht an, ihren dummen Igel abzulegen, ihre Mutter folgt der Arzthelferin energisch.

»Süß, das Kind«, spricht die ältere Frau in den Raum hinein, aber so, dass ich mich als Adressat dessen noch gerade verweigern kann.

Einige Momente vergehen. Ich überlege mir, eine Zeitschrift zu nehmen, um nicht in ein Gespräch verwickelt zu werden. Aber gerade auf die *Bunte* würde aller Voraussicht nach eine Reaktion folgen.

»Junger Mann.«

Scheiße. Mein verängstigter Blick trifft ihren.

»Sprechen Sie Platt?«

Selbstverständlich habe ich in dreißig Jahren in diesem gottverlassenen Landstrich auch Plattdeutsch aufschnappen müssen. Aber vielleicht würde ein ratloses Kopfschütteln sie ja abwimmeln.

»Wo kommen Sie denn weg?«

Es müsste ein Ort sein, über den sie keinerlei Informationen hat.

»Hoffenheim.«

»Ah ja.« Sie zögert. »Schön.«

Es klingt wie eine Frage.

»Meine Familie kommt ursprünglich ja auch von Schlesien. Ganz schlimm war das, muss ich Ihnen ja nicht erklären, wissen Sie ja gut.«

Man kann nur nicken und hoffen, dass es schnell vorbei ist.

»Das hinterlässt natürlich Spuren. Bei meinem Mann ja genauso, aber der spricht da nicht drüber. Das machte man ja nicht. Macht er heute noch nicht.«

Dass nur zwei Patienten vor mir dran sind, war eine Fehlkalkulation. Da sitzen jetzt zwei Härtefälle – wer weiß, wie lange –, während mir eine Lebensgeschichte aufbereitet wird, die ich zwar so noch nie, gefühlt aber schon Millionen Mal gehört habe.

»... und geschlagen hat er uns. Auch das war normal. Sie wollen gar nicht wissen, was bei anderen Familien hinter den Vorhängen passiert ist. Unsere Jüngste redet nun bald zehn Jahre nicht mehr mit ihm. Heimlich telefonieren muss ich mit der. Und unsere Älteste, ja, die kommt manchmal mit ihrem Mann. Aber der ist ein Blender. Ein Blender, wie er im Buche steht!«

Wenn wir im Büro feiern, kann ich wenigstens zwischendurch mal sagen, dass ich noch einen Anruf habe. Dann sitze ich still an meinem Schreibtisch und schaue auf den aktuellen Motivationsspruch in Steffis Wochenkalender.

»Arbeit ist schön, deshalb immer etwas für morgen aufheben« – niemand bei Verstand findet so einen Müll lustig. Wahrscheinlich bekommt sie diese Kalender seit Jahren von irgendeinem nicht so engen Verwandten. »Toll, das kann ich mir ja auf der Arbeit hinstellen«, würde sie in etwa gesagt und damit ihr Schicksal besiegelt haben.

»Die hätten ja den Schock ihres Lebens gekriegt! Eine Jugend auf der Flucht vor dem eigenen Vater und dann erben sie am Ende noch seine Schulden. Hat der alles versoffen, verraucht, verzockt. Wusst ich ja alles gut. Aber da müssen Sie doch auch sagen, ist es irgendwo gerecht, dass ich jetzt die Million gewonnen habe.«

Ich kann meine Verwunderung offensichtlich nicht verbergen.

»Ja, da gucken Sie! Gestern Bescheid bekommen. Sie erzählen es keinem, weiß ich ja. Mein Mann darf davon nichts wissen. Damit werden die Schulden getilgt. Und unsere Enkel sollen's gut haben. Das sind hübsche Knaben, wollen Sie mal sehen?«

Obwohl man ihre Frage als offen hätte interpretieren können, kramt sie bereits in ihrer Handtasche. Schon interessant, wie eine einzelne Information meine Wahrnehmung einer Person auf einen Schlag ändert. Was ich mit einer Million machen würde? Sofort kündigen – das ist klar. Eine Immobilie als Wertanlage. Nicht abheben, nicht allen davon erzählen. Nur Anna auf jeden Fall. »Ja, na ja, ich bin jetzt Millionär. Und wie hast du unsere Pause so genutzt?«

»Hier, tolle Jungs, hm? Der Etienne hat so viel Energie. Jerome weint viel. Aber wenn sie dann in die Schule kommen, wird es heißen, ›die Familie hat Geld, stell dich gut mit denen‹. Immer moderne Kleidung, immer die neuesten Spielsachen. Die sind fein raus. Und wenn einer fragt, wieso, heißt es, das kommt alles von Oma Ilse«, sagt die Frau und strahlt übers ganze Gesicht.

Die Last eines ganzen Lebens genommen mit Geld. So tragisch das klingen mag, so sehr kann ich es nachvollziehen.

Der Bluthuster begibt sich mit mehreren Zetteln in der Hand zur Garderobe. Mit einer auffälligen Lesebrille bewaffnet drückt Ilse nun auf einem kleinen Smartphone herum. Sie beugt sich zu mir vor und flüstert: »Junger Mann, wir haben uns so gut unterhalten, ich verrat Ihnen was.«

Überfordert wischt sie über das Display, ich kratze noch einmal kräftig über meinen Ausschlag.

»Haben Sie eine E-Mail-Adresse?«

Wie sie das Wort ausspricht, lässt mich zögern.

»Da müssen Sie sich auf GMX Punkt DE anmelden. G-M-X. Mit Name und Adresse, mein Mann wollte das nicht, aber was soll man mir tun? Da hat unsere Älteste mir Bilder geschickt, die kann ich mir jetzt hier auf dem Telefon angucken. Aber da bin ich ehrlich, mir ist so ein schönes Fotoalbum, das ich bekleben kann, viel lieber. Jedenfalls kam dann gestern diese Nachricht.«

Sie streckt mir ihr Smartphone entgegen, ich muss aufstehen, um etwas zu erkennen.

*Betreff: Preisgeldes*
*Herzlicher Glückwunsch ilse.fischer*
*Sie haben , €1.000.000,00 , bei monatlichen Gewinnspielen von net millions gewonnen ...*

Ich werde unterbrochen: »Herr Thiele bitte in die 1.«

»Glückwunsch«, murmele ich, ohne die Frau dabei ansehen zu können, und folge der Arzthelferin mit der schlechten Laune.

# Das Verschwinden des Bären

»Der Bär ist los. Das gilt zumindest für den Stadtteil Haabersti in Estlands Hauptstadt Tallinn. Nach Angaben der estnischen Polizei gingen in den vergangenen Monaten mehrere Berichte über die Sichtung umherstreifender Bären ein«, Frau Schinski räuspert sich und holt tief Luft, sie kämpft mit den Tränen.

Ich verstehe, dass sie den Artikel sofort lesen will, aber ich muss den nun wirklich nicht noch einmal hören. »Mit ungefähr 600 Braunbären hat Estland die höchste Braunbär-Population Europas. Die Tiere gelten als gefährlich ...«, sie schluckt merklich.

Ich nutze die Pause: »Ich muss dann leider auch. Lesen Sie den Artikel doch in Ruhe.«

»Oh. Nein, nein, ich kann ihn auch später lesen. Vielen Dank! Bleib doch noch, ich habe Kuchen und mache gerade Tee.« Frau Schinski sieht mich verzweifelt an.

Ihre Augen sind gerötet, sie unterdrückt, dass sie zittert.

»Hunger habe ich keinen, aber einen Tee kann ich noch trinken.«

Natürlich tut sie mir leid. Aber es kann doch nicht sein, dass ich die Einzige bin, die sich erbarmt, ihr den Artikel vorbeizubringen, und dann auch noch Seelsorge leisten muss.

Mit beiden Händen schenkt sie aus der Porzellankanne ein, um nichts zu verschütten. »Seid ihr gut befreundet, du und Christoph?«

»Joa. Ich glaub, er hatte einfach viele Freunde. Der Bär ... Entschuldigung, Christoph ist ja total nett.«

Der Bär – und das kann ich gar nicht deutlich genug betonen – ist ein Arschloch. Da ist mir auch egal, wie krank er ist und in welche hirnrissige Situation er sich jetzt manövriert hat. Gäbe es noch ein paar Leute mehr, die sich hier auf dem Dorf für Dungeons and Dragons begeistern würden, hätte ich nichts mit ihm zu tun gehabt. Die Jungs relativieren das immer total, aber gerade, wie er sich mir gegenüber meinte, benehmen zu dürfen, war einfach nur übergriffig und scheiße.

»Das ist so schön, zu hören. Ich dachte, nach meiner Scheidung wird es noch schlimmer mit dem Mobbing. Hat er über sowas mit dir auch geredet?«

Eigentlich weiß ich so gut wie gar nichts über den Bären. Gut, die Haare. Aber die sind ja auch schwer zu übersehen. Der Bär, daher der Name, hat einen seltenen Gendefekt, der auf seiner ganzen Haut Haare wachsen lässt. Ich glaube, nur in den Handflächen nicht. Alles andere hätte ich ja in Gesprächen herausfinden müssen, die ich vermeide. Ich kann sagen, dass ich nicht mag, wie er DnD spielt. Und dass ich dieses Bären-Ding irgendwann albern fand. Diese Bärenmütze, wie sie selbst bei Kindern nicht niedlich ist. Der ganze Merch von den Memphis Grizzlies und Chicago Bears. Immer getragen mit toxischer Männlichkeit.

Seine Mutter erzählt weiter über die schwere Kindheit. Natürlich kann ich mich nicht hineinversetzen, wie es sich anfühlt, mit so einer Krankheit aufzuwachsen. Aber deswegen muss man noch lange kein Arschloch sein zu Leuten, die versuchen, einen normal zu behandeln. Als es wahnhaft wurde, war ich dann ganz raus. Die anderen haben natürlich mitgemacht, war im Spiel ja anfangs auch witzig, den Bären wirklich einen Bären sein zu lassen. Ich weiß noch, wie er diesen ganzen Fisch roh gegessen hat. Wie er auf allen Vieren mit Jakob gewrestelt hat. Wie er oberkörperfrei durch den Schnee gejagt ist. Alle wissen das noch. Jetzt redet niemand mehr darüber.

»Ich habe heute noch Christophs Fotos in einer estnischen Facebookgruppe geteilt. Ihr seid ja sicher auch fleißig im Internet am Suchen, oder?«

Leider ist seine Mutter, die ihn als vermisst gemeldet hat, auch die einzige Person, die ihn tatsächlich vermisst.

Der Tee schmeckt mir gut. Vielleicht habe ich aber auch einfach nur das Gefühl, etwas Gutes zu tun, indem ich hier sitze. Es ist gar nicht ihre Sorge, die mich so deprimiert, viel mehr ihre Einsamkeit. Frau Schinski hat ihr ganzes Leben für einen Sohn aufgegeben, der – ich kann es nicht anders ausdrücken – ein Arschloch war. Sagen wir *ist*. Ich will ihn nie wiedersehen müssen, wünsche aber seiner Mutter, dass er nicht allen Ernstes versucht hat, sich mit wilden Braunbären anzufreunden.

»Der Artikel hilft der Polizei vor Ort bestimmt auch schon. Ich glaube, die haben das mit den Bären bislang gar nicht so ernst genommen.«

Das haben wir zunächst auch nicht. Als er – besoffen wie immer – auf den Tisch kletterte und seinen Artikel vorlas, klang es wie sämtliche Hirngespinste vorher. Einmal hatte er angeblich bei eBay-Kleinanzeigen ein Bärenjunges erhandelt. Dann hieß es irgendwann, er hätte einen Ferienjob im Tierpark Olderdissen, bei dem er halb Tierpfleger, halb Attraktion sei. Wer hätte denn wirklich geglaubt, dass seine letzte Spur die Buchung für einen Ryanair-Flug nach Tallinn wäre? Und hätte ich geahnt, dass es unser mutmaßlich letzter Abend mit dem Bären sein würde, hätte ich auch mal ein paar Takte zu seinem Verhalten gesagt. Ohne Rücksicht auf seine Krankheit.

Die anderen aus der Klasse behandeln ihn schon wie ein Meme. Der Bär, der sich über Jahre seinen Respekt durch Gewalt und Mannschaftssport verdienen musste, ist jetzt offiziell die Karikatur, die er eigentlich schon immer für sie war. Es gibt inzwischen einen Blog, in dem Kevin und Alex – noch größere Arschlöcher, um ehrlich zu sein – erfundene Meldungen über ihn verfassen. Der Bär lebe jetzt in den estnischen Wäldern und reiße immer mal wieder wahllos Jogger*innen. Das müsste mal jemand petzen, aber jetzt hätte ich zu viel Angst davor, dass Frau Schinski den Blog dann findet.

Sie sagt, sie könne noch mehr Tee machen, mittlerweile habe ich den aber schon über. »Willst du mal sein Zimmer sehen? Du warst ja noch nie hier, oder?«

Ich glaube, sie weiß, wie schwer ihr jetzt fiele, mir sein Zimmer zu zeigen. Umso tragischer, dass sie mich so unbedingt hier behalten möchte.

»Ich muss wirklich los. Aber Frau Höhler hat uns aufgegeben, Briefe an Sie zu schreiben. Die kann ich auch gerne vorbeibringen dann.«

Ursprünglich hatte ich Frau Höhler gesagt, dass ich keinen Brief schreiben würde. Aber Frau Schinski freut sich über meine Ankündigung. Es ist fast, als sei sie erleichtert, nicht selbst um einen weiteren Besuch bitten zu müssen.

An die Bäume hier in der Siedlung sind überall die Ausdrucke mit Christophs Vermisstenmeldung gepinnt. Ich werde seinen absichtlichen Gestank, die Beleidigungen, seine ungewollten Berührungen, die Wutausbrüche und auch seine aggressive Dummheit nicht vermissen. So leid seine Mutter mir tut – ich bin mir sicher, wo immer er jetzt ist, passt besser zu ihm als ein liebevolles Zuhause.

# Teamtexte

mit August Klar

# August in der Achterbahn

August: Whooooh, heeeey. Gott, ist das hoch hier. Bestimmt zwei Meter.

Jann: Wir begrüßen Sie auf unserer Fahrt von Beginn der Achterbahn bis Ende der Achterbahn. Bitte halten Sie Ihre Kinder und Hunde erst nach Beginn der Fahrt raus.

A: Hi, ich bin August. Müssen Sie auch nach München? Nach Hamburg? Das ist doch auf der ganz anderen Seite. Ach so, Sie sitzen ja auch gar nicht in Fahrtrichtung. 'tschuldigung.

J: Die erste Achterbahn wurde 1523 vom somalischen Herzog Peter Blomski errichtet. Ursprünglich versuchte er, eine Methode zu finden, seinen Rettich länger frischzuhalten.
   Schnell avancierte der RettichRollercoaster zum Ort der Begegnung für Jung und Alt, Eltern konnten vor der Arbeit ihre Kinder abgeben und der Rettich nahm endlich die Hauptrolle in der Küche ein, die er bis heute hält. Zu dieser Zeit entstanden Gerichte wie Rettich, Meerrettich, Rettichraclette, Fertigrettich sowie die bei Kindern noch heute beliebten Pommes Frites.

A: Hier, wollen Sie auch 'ne Pommes? TexMex. Hey! Was …
Wollten Sie mich gerade küssen? Nein, ist schon Ordnung.
Ich bin nur einfach das erste Mal in einer Achterbahn. Ist
alles noch aufregend für mich.

J: Achterbahnen verbreiteten sich auf der Welt wie E-Roller: Die alten Römer errichteten sogenannte Aquädukte
(das ist Latein: »aqua« = »Achter«, »duktum« = »Bahn«).
In China bauten die Fürsten winzige, goldene Achterbahnen für ihre Mäuse. Teile der chinesischen Republik
bezeichnen sich noch heute als goushanshe zhong xiao
laoshu de tudi: »Land der lachenden Maus in der Achterbahn«. Lediglich die Azteken waren der Meinung, ohne
Achterbahnen auskommen zu können. Ihre Zivilisation be-
stand keine sieben Jahre.

A: Shit, mein Portemonnaie. Mein Handy! Egal.

J: Doch der Mensch in seiner Natur war böse. Im dritten
punischen Krieg setzte Hannibal Kriegselefanten in Achterbahnen. Marie Curie, eine der größten Wissenschaft-
lerinnen der Welt, starb an dem, was sie liebte: Bong rauchen in der Achterbahn.

A: Äh, Entschuldigung, machen Sie mal die Bong aus! Hier
sitzen unangeschnallte Kinder und Sie wissen, was mit
Marie und Pierre Curie passiert ist.
   »Die Fahrkarten, bitte!«
Aber das ist doch eine Achterbahn, ich hab an der Heide-
Park-Kasse bezahlt!
   »Gehört heute alles zum Streckennetz der Bahn. Ent-
weder Sie steigen hier aus oder das kostet 60 Euro.«
Sind Sie nicht Patrick Salmen?
   »Ich gehör jetzt auch zum Streckennetz der Bahn, wir
müssen alle sehen, wo wir bleiben.«

J: Aber in der Historie erinnern wir uns auch an Ereignisse, in denen die Achterbahnen den Menschen zu Hilfe kamen. Hitlers U-Boote und Luftwaffe waren den Achterbahnen der US-Soldaten nicht gewachsen. Roosevelt persönlich setzte sich dafür ein, dass jeder eingesetzte Amerikaner eine Miniatur-Achterbahn in seiner Hose mit sich führte. Noch heute bewahren die Veteranen die Achterbahnen ihrer gefallenen Kameraden in ihrem Mund auf: »We wouldn't have been able to do it without the rollercoasters. We went up and down, up and down, up and down. Those damned nazis didn't know what hit 'em.«

A: Boah nee, hier ist ne Reisegruppe.
»So, Silke, nächster Looping, nächster Klopfer. Warum ist denn der Freixenet nicht im Sektkühler? Kann einer den Campingkocher ausmachen? Ei der Daus, jetzt hab ich mich mit dem Batida de Côco vollgesaut. So kann ich doch nicht aufs Fahrtfoto!«

J: Dem Klerus hingegen waren die Achterbahnen ein Dorn im Auge. Teenager trafen sich in den Achterbahnen zum Knutschen, Alcopopstrinken und für unangemeldete Teufelsbeschwörungen.

A: In nomine Dei nostri Satanas Luciferi Excelsi – In nomine Dei nostri Satanas Luciferi Excelsi.
»Silke, jetzt biete dem Beelzebub doch mal 'nen Pfeffi an, was soll der denn denken?«

*Die Bügel klappen hoch, August steigt aus der Achterbahn.*

A: So, der Rettich ist trocken.

J: Erzähl, wie war's?

A: Großartig, ich hab Godzilla getroffen, mein Leben ist an mir vorbeigezogen: Ich bleib für immer potent, werd aber nur 35 Jahre alt. Oh, und wir haben den Teufel beschworen auf der Fahrt. Wusstest du, dass der ein Jann-Wattjes-Tattoo hat?

J: Hm. Und jetzt?

A: Such ich mein Portemonnaie und meine Schuhe. Bis zur nächsten Textsammlung!

J: Baut Achterbahnen, keine Brücken! Denn tief in unseren Herzen wissen wir: Die sind viel geiler.

*Was August und Jann als »Rabatt auf Alienzubehör« auf der Bühne veranstalten, lässt sich nicht nur schwer zur Lektüre umschreiben, es ist auch schwer zu beschreiben. Einigen wir uns auf »gemeinsamer Hilfeschrei«.*

# August stirbt

A: *Vogelgeräusche*

J: Was machst du da?

A: Ich will ein Vogel sein.

J: August, ich hab dir schon mal gesagt, dass die plastische Chirurgie noch nicht so weit ist.

A: Lass mich!

J: Was isst du da?

A: Vogelbeeren.

J: Vogelbeeren sind giftig.

A: Für Menschen vielleicht …
   Aua, meine Organe! Ich wollte doch noch so viel Vogel-zeug machen.

J: Eines nach dem anderen versagten Augusts Organe.

A: Meine Milz, mein Magen, mein Beatboxorgan, meine Schilddrüse! ... Jann, es ist alles schwarz.

J: Hier steht, du siehst ein Licht.

A: Jann, ich seh ein Licht.

J: Geh nicht hinein!

A: Okay.

J: Aber August wollte nicht hören und ging ins Licht.
Jann trauerte lang und intensiv, hatte jetzt aber endlich die Möglichkeit, diesen beliebten Geheimtext zu platzieren, in dem er einen ganzen Tag im Körper von Kai Pflaume gefangen ist. ...
Diese Hände. Das sind doch nicht meine Hände, das sind die Hände des größten Quizmasters des Landes!

A: *Vogelgeräusche*

J: August? Bist du noch da?

A: Öh, ja.

J: Im Licht?

A: Jo.

J: Ja, erzähl doch mal, wie ist es da?

A: Der Bus kommt irgendwie erst in 'ner halben Stunde oder so.

J: Wo bist du denn?

A: Keine Ahnung. Ich glaube, das ist Dunum.

J: August, wenn man stirbt, kommt man doch noch nicht nach Dunum!

A: Ich fahr ja auch noch weiter mit dem Bus.

J: Wohin?

A: Ich frag mal einen.
Hallomoin, 'tschuldigung. Sie! Ey, du hast mich genau gehört, du Pissklabauter! Wo geht denn das jetzt hin?! Wie nach Dunum? Das ist noch gar nicht Dunum? Ah ja, danke.
Der sagt, wir fahren nach Dunum.

J: Ist Dunum jetzt die Himmelspforte, oder was? Ist Moses da?

A: Der fährt den Bus.

J: Aber, August, heißt das, du bist im Himmel? Oder in der Hölle? Brennst du? Ist Hitler da? Hat er sich gut gehalten? Hast du Superkräfte? Ist dein Leben an dir vorbeigezogen? Hast du gesehen, wie wir damals auf der Konfirmandenfreizeit jede Nacht die Mikrowelle über deine Hoden gehalten haben?
Wir wussten nicht, dass das Krebs macht, ehrlich. Hast du Unendlichkeit verstanden? Sind alle da, die tot sind? Sind Tims Eltern da? Frag die mal, wo die mein Fahrrad hingestellt haben. Ich brauche das. Sind Promis auch tot noch Promis? August, hatte das Leben einen Sinn?
...
August?

A: Wie, das kostet zwei sechzig?
Jann, Moses will zwei sechzig. Sonst fährt der nicht los.

J: Wo hast du denn unterwegs jetzt dein Geld ausgegeben?

A: Keine Ahnung, der nimmt nur Bitcoin.

J: Was soll das denn?

A: Dimitri ist auch mega angefressen, dass er seine ganzen Rubel jetzt wechseln muss.
Einer im Rollstuhl durfte so durch. Oh, der Grieche geht.

J: Wohin?

A: Zurück wahrscheinlich. Der macht dann doch noch ein paar Jahre … Jann, es gibt Catering, TexMex! Und 'ne Band! Die Gabeln hier sind Löffel und vor mir sitzen zwei Kriegsroboter!

J: Kriegsroboter? Geht's dir gut?

A: Nee, Moses steckt in der Rutsche fest.

J: Ich dachte, der fährt den Bus?

A: Weiß ich, ich kann hier nämlich deine Gedanken lesen.

J: Und was denk ich gerade?

A: Du hast aus Versehen CDU gewählt.

J: Warum sind Wahlzettel auch schwarz-weiß?! Ich kenne die Logos nicht auswendig!

A: Ist doch okay. Das passiert offensichtlich sehr vielen.

J: August, bevor du weiter Gedanken liest – ich muss dir noch mehr sagen.

A: Was denn?

J: Weißt du noch, wie wir dachten, uns würde ein guter Teamname einfallen, wenn wir im Rathaus Heroin nehmen?

A: Ja, das war schön. Aber wir hätten der Schulklasse nichts abgeben müssen.

J: Ich muss dir noch was sagen: Ich find's mega unfair, dass der Berliner Dialekt einfach abgekultet wird und mein Dialekt für alle klingt, als hätte man uns mit Alkohol gesäugt und immer ein halbes Krabbenbrötchen im Mund.

A: Das hättest du mir doch schon sagen können, als ich noch am Leben war. Jetzt fährt der Bus gleich los. Die haben Moses aus der Rutsche geschnitten.

J: Warte! Ich hab doch noch Fragen!

A: Ja, aber schnell, wir fahren jetzt.

J: Äh, wie fand Moses *Breaking Bad*?

A: Jann, alle lieben *Breaking Bad*.

J: Ja okay, stimmt. Äh … Sitzt du ganz hinten?

A: Nee, nee, da sitzen die Kinder, mit denen wir Heroin genommen haben ...

Jann, wir müssen los.

J: Nein, warte! Wir wollten doch noch 'nen Teamtext machen, das wär doch jetzt mega verwirrend, wenn du im Buch stirbst!

A: Sorry.

J: Mach nochmal den Vogel! Wir können wieder Vogel und Typ, der nicht will, dass du einen Vogel spielst, spielen!

...

August?

...

*In Erinnerung an August Klar.*

# Danksagung

Ich hoffe, Sie hatten an diesem Buch mehr Freude, als Sie an einer Schachtel Sardinen gehabt hätten. Falls Sie keine Lust haben, es zu lesen, nur das Ende checken wollen und es dann ins Regal stellen: Ordnen Sie Ihre Bücher bitte nicht nach Farben, das habe ich nicht verdient, das machen nur Wahnsinnige.

Ich danke:

Lektora für die viele Arbeit und das Vertrauen.
Meinem Bruder für 30 Jahre humoristische Aufbauarbeit.
Olivier für die Sardinen.
Mona und Erwin für die lieben Worte.
August fürs Dasein, als die Westfold fiel.
Selina fürs Immer-Dasein.

Stellen Sie sich vor, Sie stünden in einem Fahrstuhl. Eine andere Person sprintet ebenfalls zum Fahrstuhl und bittet Sie von Weitem, die Tür aufzuhalten. Aber Sie sehen nur diabolisch lachend zu, wie sich die Tür langsam schließt – die Person aber doch noch irgendwie den Fuß in die Tür bekommt. Das Gefühl, jetzt zwölf Etagen mit dieser Person im Fahrstuhl zu stehen, beschreibt ungefähr, wie es ist, Jann Wattjes zu sein. Seit Anfang dieses Jahrzehnts drückt er seine verständnislose Außenperspektive auf die Menschheit nun auch in deutschlandweit zelebrierten Kolumnen- und Bühnentexten aus. Zukünftige Historiker werden es als ignorierte Warnung anprangern. Vor einem Mann, der Delfine, Fernsehen und Burger King weit vor Konzepten wie Freundschaft und Wahrheit ansiedelt, von Seehunden großgezogen wurde, unironisch HSV-Fan ist und seine Pommbären in Schokoladenmilch tunkt.

ISBN 978-3-95461-111-9
12,00 Euro

www.lektora.de

# Bei Lektora erschienen

Malte Küppers

# Wenn zwei sich streiten, kommt ein Dritter dazu

Konflikte begegnen uns an allen Ecken und Enden unseres Lebens. Mal ist es ein Streit mit der Familie, weil ihr euch mittlerweile vegetarisch ernährt, der nörgelnde alte Mensch im öffentlichen Nahverkehr, weil nichts pünktlich zu sein scheint, oder es ist die Diskussion über aktuelle politische Entwicklungen, wenn keiner zu verstehen scheint, was Digitalisierung eigentlich bedeutet.

Wenn ihr euch einen Ratgeber erhofft, wie ihr diese Konflikte lösen könnt ... dann seid ihr hier vermutlich falsch. Wenn ihr allerdings gerne über die ein oder andere Auseinandersetzung lachen wollt, ein paar Denkanstöße benötigt oder gerne aus der Ferne beobachtet, wie Menschen sich in die Haare kriegen, dann dürfte dieses Buch genau richtig für euch sein!

»Es ist geradezu so, als könnte man ihn beim Lesen seiner Texte sagen hören: ›Hey! Nimm dich doch ernst (du Idiot)!‹ Und das ist doch wirklich ein besonders schöner Moment – wenn man sich durch das Lesen von Texten seiner Selbst bewusst wird.«
(Jean-Philippe Kindler)

ISBN 978-3-95461-196-6
13,90 Euro

www.lektora.de